KB006729

World Classic English writing book 01

영어 필사의 힘

생텍쥐페리처럼 The Little Prince【어린왕자】 따라쓰기

20___년 ___월 ___________ 필사하다

World Classic English writing book 01

영어 필사의 힘

생텍쥐페리처럼 The Little Prince【어린왕자】 따라쓰기

미르북
컴퍼니

"오늘도 일곱 자루의 연필을 해치웠다.
필사하십시다, 지금 당장!"

어니스트 헤밍웨이

"셰익스피어의 오셀로를 250번이나 필사했다."

『모비딕』의 저자 허먼 멜빌

"깊은 인상을 준 글을 따라 쓰고,
기이하거나 아름다운 단어들을 필사했다."

『달과 6펜스』의 저자 서머싯 몸

"지금보다 글을 좀 더 잘 쓰는 사람이 되었으면 좋겠다."

하버드대 우수졸업생 설문 1위

이렇게 활용해 보세요

어린 왕자는 출간이후 지금까지 꾸준하게 독자들의 사랑을 받는 작품입니다. 우리에게 가장 친숙한 문학 작품으로 쉽게 접할 수 있어 내용을 보다 재미있게 따라 쓰기 할 수 있습니다.

영어 원서를 따라 쓰는 것은 모두가 인정하는 최고의 외국어 공부법입니다. 매일 꾸준히 따라 쓰면서 자연스럽게 영어 실력이 향상되는 것을 느낄 수 있을 것입니다. 계획에 꼭 맞춰야 한다는 생각에 얽매이지 말고 큰 틀에서 작품 하나를 찬찬히 읽으며 따라 쓰는 데 집중하도록 합시다. 앞뒤 문장을 이해하면서 따라 쓰는 것이 무엇보다 중요합니다.

눈으로 찬찬히 읽고 한 문장 한 문장 또박또박 써 내려 갑니다. 그리고 소리 내어 읽고 다시 다음 문장을 눈으로 읽고 따라 쓰고 소리 내어 읽기를 반복해 필사합니다.

나도 모르게 성장하는 모습을 발견하게 될 것입니다.

이렇게 따라 써 보세요

QR코드

1. 매 챕터가 시작될 때 마다 **QR코드**를 표시해 두었습니다. 읽고 쓰기 전에 QR코드로 음성을 재생해 한 챕터씩 들어 봅니다.

2. **주요 표현과 단어**를 풀이했습니다.

   문맥 속에서 단어를 바로 숙지할 수 있도록 정리했으며 다른 챕터에서도 반복해서 등장하므로 자연스럽게 어휘력 향상에 도움을 줍니다.

3. **전체 번역**을 실었습니다.

   영어 본문의 내용을 바로 이해하면서 읽어 나갈 수 있도록 학습자를 위한 맞춤형 번역문을 제공합니다.

It said: "If you please, draw me a sheep!"

"What!"

"Draw me a sheep!"

I jumped to my feet, completely thunderstruck. I blinked my eyes hard. I looked carefully all around me. And I saw a most extraordinary small person, who stood there examining me with great seriousness. Here you may see the best portrait that, later, I was able to make of him. But my drawing is certainly very much less charming than its model.

어휘

completely 완전히 **thunderstruck** 깜짝 놀란 **jump to my feet** 벌떡 일어나다
blink 깜빡이다 **extraordinary** 특이하게 **seriousness** 진지함
examine 살펴보다 **portrait** 초상화 **charming** 매력적인

It said: "If you please, draw me a sheep!" "What!"
"Draw me a sheep!"
I jumped to my feet, completely thunderstruck. I blinked my eyes hard. I looked carefully all around me. And I saw a most extraordinary small person, who stood there examining me with great seriousness. Here you may see the best portrait that, later, I was able to make of him. But my drawing is certainly very much less charming than its model.

해석

목소리가 말했다.
"저기…… 양 좀 그려줘."
"뭐라고?"
"양 한 마리만 그려줘."
벼락이라도 맞은 듯 나는 자리에서 벌떡 일어났다. 눈을 비비고 조심스럽게 주변을 둘러보았다. 정말 신기한 꼬마가 심각한 표정으로 나를 쳐다보고 있었다.
이 그림은 나중에 내가 그를 모델로 그린 것 중에서 가장 잘 그린 초상화다.

The little prince also pulled up, with a certain sense of dejection, the last little shoots of the baobabs. He believed that he would never want to return. But on this last morning all these familiar tasks seemed very precious to him. And when he watered the flower for the last time, and prepared to place her under the shelter of her glass globe, he realised that he was very close to tears.

"Goodbye," he said to the flower. But she made no answer.

"Goodbye," he said again.

The flower coughed. But it was not because she had a cold.

pull up 뽑다 **dejection** 낙담 **shoot** 새싹 **familiar** 익숙한 **precious** 소중한
prepare 준비하다 **shelter** 은신처 **realize** 깨닫다 **cough** 기침하다

The little prince also pulled up, with a certain sense of dejection, the last little shoots of the baobabs. He believed that he would never want to return. But on this last morning all these familiar tasks seemed very precious to him. And when he watered the flower for the last time, and prepared to place her under the shelter of her glass globe, he realised that he was very close to tears.
"Goodbye," he said to the flower. But she made no answer. "Goodbye," he said again.

해석

살짝 울적해진 어린 왕자는 막 올라온 바오바브나무들의 뿌리를 뽑아냈다. 그는 이 별에 다시는 돌아오지 못할 거라 생각하고 있었다. 익숙한 모든 일들이 그날 아침에는 이상하게도 마음을 건드렸다. 어린 왕자는 마지막으로 장미에게 물을 준 다음, 유리덮개를 씌우려고 하다가 울음이 터질 것만 같았다.
"잘 있어."
어린 왕자가 장미에게 말했다. 장미는 대답하지 않았다.
"잘 있어."
그가 다시 한번 인사했다. 장미는 기침을 했다. 감기에 걸려서는 아니었다.

《어린 왕자》를 따라쓰며 관계를 맺는 순간, 삶의 진정한 가치와 만나기를

순수성을 허락하지 않는 세상에서 끊임없이 방황하고 고뇌했을 생텍쥐페리. 그는 동경하고 희망하는 삶을 '어린 왕자'라는 인물로 형상화했습니다. 소행성에서 지구까지 여행하면서 여행의 종착점인 지구에는 특히 많은 모순이 존재합니다.

'어른들은 아무리 생각해도 너무 이상해.'

어린 왕자가 말하는 지구의 어른들은 겉모습, 명예, 지식만을 추구합니다. 어린 왕자가 보기에 그런 어른들은 매우 이상한 존재입니다.

'부끄러운 어른'인 우리는 어린 왕자를 통해 그동안 잊고 지냈던 삶의 진정한 가치와 의미를 깨닫습니다. 꿈과 희망, 만남과 인연, 마음과 영혼, 추억과 사랑이 바로 그것입니다.

문득 자신을 뒤돌아볼 때 어른들의 머릿속에는 복잡한 상념이 맴돕니다.

'너무 멀리 오지 않았는가.'
'다시 돌아가고 싶다.'
'과연 돌아갈 수 있을까.'
'마음을 나눌 누군가가 있는가.'

어린 왕자를 만나세요. 어린 왕자를 따라쓰며 관계를 맺는 순간 삶의 진정한 가치와 만날 수 있습니다.

어린 왕자는 말합니다. 늦지 않았다고. 길들여지라고 합니다. 어린 왕자는 존재하며 언제 어디서나 곁에 있다고.

In order to make his escape,
I believe he took advantage of a migration of wild birds.

어린 왕자는 자기 별을 떠나기 위해 이동하는 철새들을 이용했던 것 같다.

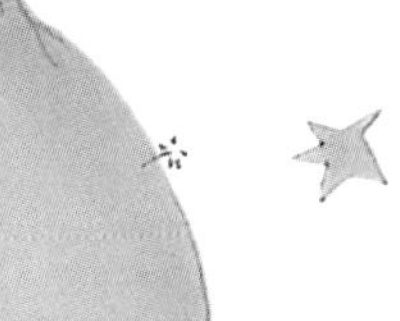

To Leon Werth

I ask the indulgence of the children who may read this book for dedicating it to a grown-up. I have a serious reason: he is the best friend I have in the world. I have another reason: this grown-up understands everything, even books about children. I have a third reason: he lives in France where he is hungry and cold. He needs cheering up. If all these reasons are not enough, I will dedicate the book to the child from whom this grown-up grew. All grown-ups were once children-although few of them remember it. And so I correct my dedication:

To Leon Werth

when he was a little boy

어휘

indulgence 관용 **dedicate** 헌사하다 **grown-up** 어른 **serious** 진지한
even ~조차도 **cheer up** 위로하다 **correct** 정정하다 **few of** ~중의 몇 명

해석

레옹 베르트에게

이 책을 어른에게 바친 데 대해 어린 독자들에게 용서를 구한다. 나에게는 그럴 만한 이유가 있다. 내 인생의 가장 소중한 친구가 그 어른이었던 것이다. 또 다른 이유는 그가 무엇이든 이해하는 사람, 어린이를 위한 책까지도 이해할 줄 아는 사람이기 때문이다. 세 번째 이유도 있다. 그는 지금 프랑스에 살고 있는데 배고픔과 추위에 시달리고 있다. 그에겐 위로가 절실하다. 이런 이유로도 충분치 않다면 이 책을 어린 시절의 그에게 바치고 싶다. 어른도 한때는 어린이였다. (어른들은 대부분 이 사실을 기억하지 못한다.) 이제 내 헌사를 이렇게 수정하련다.

어린 소년이던 레옹 베르트에게

1

Once when I was six years old I saw a magnificent picture in a book, called *True Stories from Nature*, about the primeval forest. It was a picture of a boa constrictor in the act of swallowing an animal. Here is a copy of the drawing.

어휘

once 예전에 **magnificent** 굉장한 **nature** 자연 **primeval forest** 원시림
swallow 삼키다

해석

내가 여섯 살 때 한번은 원시림에 관한 책《실제로 겪은 이야기》에서 굉장한 그림을 보았다. 보아뱀이 맹수를 삼키는 그림이었다. 이것은 그때 본 이미지를 그린 것이다.

In the book it said: "Boa constrictors swallow their prey whole, without chewing it. After that they are not able to move, and they sleep through the six months that they need for digestion." I pondered deeply, then, over the adventures of the jungle. And after some work with a colored pencil I succeeded in making my first drawing. My Drawing Number One. It looked like this:

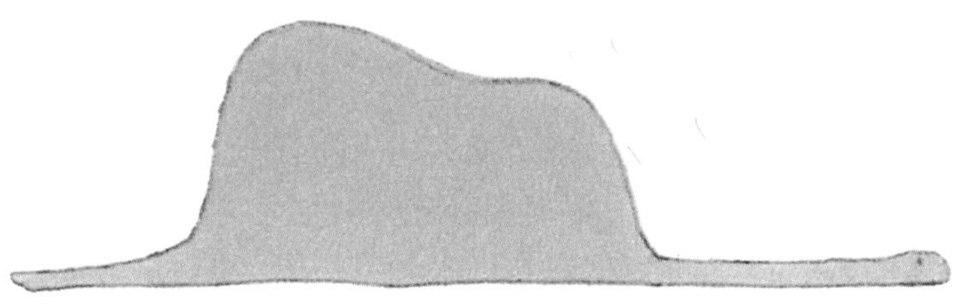

어휘

boa constrictor 보아뱀 **prey** 먹이 **whole** 통째로 **chew** 씹다 **digestion** 소화
ponder 곰곰이 생각하다 **deeply** 깊이 **succeed in** ~에 성공하다

해석

책에는 이렇게 쓰여 있었다.
"보아뱀은 먹잇감을 씹지 않고 통째로 삼킨다. 그러고 나면 움직일 수가 없어서 먹이를 다 소화할 때까지 6개월간 꼼짝도 않고 잠을 잔다."
나는 정글 모험담을 열심히 읽고 궁리한 다음, 색연필을 들어 내 인생 첫 그림을 완성시켰다. 1호 그림은 이것이다.

I showed my masterpiece to the grown-ups, and asked them whether the drawing frightened them. But they answered: "Frighten? Why should any one be frightened by a hat?" My drawing was not a picture of a hat. It was a picture of a boa constrictor digesting an elephant. But since the grown-ups were not able to understand it, I made another drawing: I drew the inside of the boa constrictor, so that the grown-ups could see it clearly. They always need to have things explained. My Drawing Number Two looked like this:

어휘

masterpiece 걸작품 **whether** ~인지 아닌지 **frighten** 무섭다
hat 모자 **clearly** 분명하게 **explain** 설명하다 **look like** ~와 같다

해석

나는 내 훌륭한 그림을 어른들에게 보여주고 무섭지 않은지 물어보았다.
어른들은 대답했다. "모자가 왜 무섭다는 거니?"
내가 그린 건 모자가 아니었다. 코끼리를 소화시키고 있는 보아뱀이었다. 그래서 나는 어른들이 이해할 수 있도록 보아뱀의 몸속을 그렸다. 어른들은 설명을 해주지 않으면 모른다. 나의 2호 그림은 이것이다.

The grown-ups' response, this time, was to advise me to lay aside my drawings of boa constrictors, whether from the inside or the outside, and devote myself instead to geography, history, arithmetic and grammar. That is why, at the age of six, I gave up what might have been a magnificent career as a painter. I had been disheartened by the failure of my Drawing Number One and my Drawing Number Two. Grown-ups never understand anything by themselves, and it is tiresome for children to be always and forever explaining things to them.

So then I chose another profession, and learned to pilot airplanes. I have flown a little over all parts of the world; and it is true that geography has been very useful to me. At a glance I can distinguish China from Arizona. If one gets lost in the night, such knowledge is valuable.

어휘

advise 조언하다 **lay aside** 집어치우다 **devote** 바치다 **geography** 지리
arithmetic 산수 **dishearten** 낙심하다 **tiresome** 성가신 **profession** 직업
pilot 조종하다 **distinguish** 구별하다 **valuable** 유용하다

해석

어른들은 속이 보이든 안 보이든 중요하지 않으니 보아뱀 따위는 그만 그리고 지리나 역사, 산수, 문법에 신경을 쓰라고 내게 충고했다. 여섯 살이던 나는 화가라는 멋있는 직업을 포기하고 말았다. 1호와 2호 그림의 반응이 좋지 않아 의기소침해졌던 것이다. 어른들은 혼자서는 아무것도 이해하지 못하고, 어린이들은 그들에게 언제나 설명을 해주어야 해서 피곤하다.
결국 나는 다른 직업을 선택해야 했고, 비행기 조종법을 배웠다. 전 세계 곳곳을 비행기로 누비고 다녔다. 지리를 배운 것은 정말이지 유익했다. 한번 보기만 해도 중국과 애리조나를 구별할 줄 알았다. 야간비행 중 길을 잃었을 때 지리 지식은 무척 큰 도움이 된다.

In the course of this life I have had a great many encounters with a great many people who have been concerned with matters of consequence. I have lived a great deal among grown-ups. I have seen them intimately, close at hand. And that hasn't much improved my opinion of them.

Whenever I met one of them who seemed to me at all clear-sighted, I tried the experiment of showing him my Drawing Number One, which I have always kept. I would try to find out, so, if this was a person of true understanding. But, whoever it was, he, or she, would always say:

"That is a hat."

Then I would never talk to that person about boa constrictors, or primeval forests, or stars. I would bring myself down to his level. I would talk to him about bridge, and golf, and politics, and neckties. And the grown-up would be greatly pleased to have met such a sensible man.

어휘

encounter 만나다 **be concerned with** ~에 관심이 있다
a matter of consequence 중요한 일 **intimately** 상세하게 **clear-sighted** 똑똑한
find out 알아내다 **bring oneself down** 낮추다 **bridge** 카드게임
politics 정치 **sensible** 지각있는

해석 그렇게 살아오는 동안 나는 진지하기 이를 데 없는 사람들을 많이 만났다. 오랜 시간을 어른들 곁에서 보냈고, 그들을 아주 가까이에서 보기도 했다. 그러나 그들에 대한 생각이 좋은 쪽으로 바뀌지는 않았다. 조금이라도 통찰력 있는 어른을 만나면 나는 늘 갖고 다니던 1호 그림을 보여주며 시험했다. 그 사람이 정말 이해력이 있는지 알고 싶었다. 하지만 늘 이런 대답이 돌아왔다. "모자구나." 그러면 나는 그 앞에서 보아뱀이나 원시림, 별 이야기는 하지 않았다. 그가 이해할 수 있는 범위까지만 말했다. 브리지게임과 골프, 정치, 넥타이 같은 화제 말이다. 그러면 그 어른은 나처럼 생각 있는 사람을 만나서 기쁘다고 했다.

2

So I lived my life alone, without anyone that I could really talk to, until I had an accident with my plane in the Desert of Sahara, six years ago. Something was broken in my engine. And as I had with me neither a mechanic nor any passengers, I set myself to attempt the difficult repairs all alone. It was a question of life or death for me: I had scarcely enough drinking water to last a week.

The first night, then, I went to sleep on the sand, a thousand miles from any human habitation. I was more isolated than a shipwrecked sailor on a raft in the middle of the ocean. Thus you can imagine my amazement, at sunrise, when I was awakened by an odd little voice.

어휘

accident 사고 **break** 고장나다 **mechanic** 정비사 **passenger** 승객 **all alone** 혼자서
repair 수리하다 **scarcely** 거의 없다 **human habitation** 사람이 사는 곳
isolate 고립시키다 **shipwrecked sailor** 난파선의 선원 **raft** 뗏목
odd 이상한

해석

나는 속을 터놓을 사람 하나 없이 홀로 살아왔다. 6년 전 사하라 사막에서 비행기 사고를 당하기 전까지 그랬다. 비행기 엔진에 이상이 생겼고, 정비사도 승객도 없는 상황에서 나는 혼자 비행기를 수리해보려고 안간힘을 썼다. 내게는 죽느냐 사느냐가 달린 일이었다. 한 주를 버틸 정도의 물밖에 없었던 것이다.

첫날 밤에는 사람이 사는 곳에서 수천 마일 떨어진 사막의 모래바닥에서 잠을 잤다. 망망대해에서 난파되어 뗏목에 의지한 사람보다 훨씬 고립된 상황이었다. 그러니 동틀 무렵, 작고 기묘한 목소리가 나를 깨웠을 때 얼마나 놀랐을지 상상해보라.

It said: "If you please, draw me a sheep!"

"What!"

"Draw me a sheep!"

I jumped to my feet, completely thunderstruck. I blinked my eyes hard. I looked carefully all around me. And I saw a most extraordinary small person, who stood there examining me with great seriousness. Here you may see the best portrait that, later, I was able to make of him. But my drawing is certainly very much less charming than its model.

어휘

completely 완전히 **thunderstruck** 깜짝 놀란 **jump to my feet** 벌떡 일어나다 **blink** 깜빡이다 **extraordinary** 특이하게 **seriousness** 진지함 **examine** 살펴보다 **portrait** 초상화 **charming** 매력적인

해석

목소리가 말했다.
"저기…… 양 좀 그려줘."
"뭐라고?"
"양 한 마리만 그려줘."
벼락이라도 맞은 듯 나는 자리에서 벌떡 일어났다. 눈을 비비고 조심스럽게 주변을 돌아보았다. 굉장히 신기한 꼬마가 심각한 표정으로 나를 쳐다보고 있었다.
이 그림은 나중에 내가 그를 모델로 그린 것 중에서 가장 잘 그린 초상화다.

That, however, is not my fault. The grown-ups discouraged me in my painter's career when I was six years old, and I never learned to draw anything, except boas from the outside and boas from the inside.

Now I stared at this sudden apparition with my eyes fairly starting out of my head in astonishment. Remember, I had crashed in the desert a thousand miles from any inhabited region. And yet my little man seemed neither to be straying uncertainly among the sands, nor to be fainting from fatigue or hunger or thirst or fear. Nothing about him gave any suggestion of a child lost in the middle of the desert, a thousand miles from any human habitation.

When at last I was able to speak, I said to him:

"But, what are you doing here?"

어휘

discourage 낙담시키다 **except** ~외에는 **apparition** 유령
in astonishment 깜짝 놀라서 **inhabited** 거주하는 **region** 지역
straying 길을 잃다 **fatigue** 피로

해석

물론 내 그림은 실물의 매력을 다 살리진 못했다. 그렇더라도 내 탓은 아니다. 화가가 되겠다는 여섯 살 아이의 꿈을 좌절시킨 건 어른들이었고, 그 후로 나는 그림을 배운 적이 없다. 기껏해야 속이 안 보이는 보아뱀과 속이 보이는 보아뱀을 그린 것이 전부였다.

나는 소스라치게 놀라서 휘둥그레진 눈으로 그를 빤히 쳐다보았다. 그때 내가 주거지로부터 수천 마일이나 떨어진 사막에 불시착한 상태였다는 걸 생각해보라. 그런데 이 어린 친구는 사막 한가운데서 길을 잃은 것 같지도 않았고, 피로나 배고픔, 목마름이나 두려움으로 기진맥진해 보이지도 않았다. 사람이 사는 곳으로부터 수천 마일 떨어진 사막에서 길을 잃은 아이로는 전혀 보이지 않았다.

나는 겨우 정신을 차리고 입을 열었다. "여기서 뭐하고 있니?"

And in answer he repeated, very slowly, as if he were speaking of a matter of great consequence:

"If you please, draw me a sheep……."

When a mystery is too overpowering, one dare not disobey. Absurd as it might seem to me, a thousand miles from any human habitation and in danger of death, I took out of my pocket a sheet of paper and my fountain-pen. But then I remembered how my studies had been concentrated on geography, history, arithmetic, and grammar, and I told the little chap (a little crossly, too) that I did not know how to draw. He answered me: "That doesn't matter. Draw me a sheep……."

But I had never drawn a sheep. So I drew for him one of the two pictures I had drawn so often. It was that of the boa constrictor from the outside. And I was astounded to hear the little fellow greet it with,

어휘

overpowering 아주 강한 **dare** 감히 ~하다 **disobey** ~에 따르지 않다
absurd 터무니없는 **fountain-pen** 만년필 **arithmetic** 산수
concentrate on ~에 집중하다 **chap** 녀석 **astound** 놀라다 **fellow** 친구

해석

그는 중요한 일을 말하듯 나직하게 반복했다. "부탁이야, 양 한 마리만 그려줘……." 이해할 수 없는 일이라도 너무 강한 인상을 받으면, 부정할 생각조차 들지 않는 법이다. 주거지에서 수천 마일이나 떨어진 곳에서 죽을지도 모르는 상황에 이건 정말 말도 안 되는 일이라 여기면서도, 나는 주머니에서 종이 한 장과 만년필을 꺼냈다. 문득 내가 그동안 열심히 배운 거라곤 지리, 역사, 산수, 문법이 전부라는 게 기억났다. 나는 (기분이 살짝 가라앉아서) 꼬마 친구에게 그림을 그릴 줄 모른다고 했다. 그가 대답했다. "괜찮아. 그냥 양을 그리면 돼." 양은 그릴 줄 몰라서 나는 내가 유일하게 그릴 줄 아는 그림 두 개 중 하나를 그려주었다. 속이 안 보이는 보아뱀 그림이었다. 그런데 꼬마 친구의 대답을 듣고 나는 깜짝 놀랐다.

"No, no, no! I do not want an elephant inside a boa constrictor. A boa constrictor is a very dangerous creature, and an elephant is very cumbersome. Where I live, everything is very small. What I need is a sheep. Draw me a sheep.

So then I made a drawing. He looked at it carefully, then he said: "No. This sheep is already very sickly. Make me another."

So I made another drawing. My friend smiled gently and indulgenty.

"You see yourself," he said, "that this is not a sheep. This is a ram. It has horns."

어휘

crossly 퉁명스럽게 **matter** 중요하다 **dangerous** 위험한 **creature** 생물
cumbersome 거추장스러운 **carefully** 신중하게 **sickly** 병약한 **gently** 상냥하게
indulgently 관대하게 **ram** 염소 **horn** 뿔

해석

"아냐, 아냐! 보아뱀 뱃속에 들어 있는 코끼리를 말하는 게 아니야. 보아뱀은 진짜 위험한 동물이고, 코끼리도 정말 다루기 힘들어. 내가 사는 곳은 모든 게 작아. 내가 원하는 건 양이야. 양을 그려줘."

그래서 나는 양을 그려주었다. 그는 찬찬히 살펴보더니 말했다.

"안 돼. 이 양은 병들었잖아. 다른 걸 그려줘."

나는 다시 양을 한 마리 그렸다. 내 친구는 부드럽게 응석을 부리는 듯한 미소를 지었다. 그리고 말했다.

"잘 봐, 이긴 내가 말한 양이 아니야. 숫양이네. 뿔이 있잖아."

So then I did my drawing over once more.

But it was rejected too, just like the others. "This one is too old. I want a sheep that will live a long time.

By this time my patience was exhausted, because I was in a hurry to start taking my engine apart. So I tossed off this drawing. And I threw out an explanation with it.

"This is only his box. The sheep you asked for is inside."

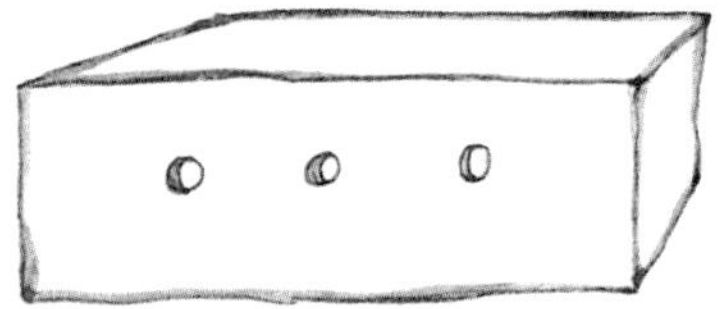

어휘

reject 거절하다 **by this time** 바로 이 때 **patience** 인내심 **exhaust** 바닥나다
in a hurry 서둘러 **take apart** ~을 분해하다 **toss off** 단숨에 만들어 내다
explanation 설명 **throw out** 내뱉다 **surprise** 놀라다
break over ~에 쏟아지다

해석

나는 또다시 양을 그렸다. 이번에도 아니라는 대답이 돌아왔다.
"이 양은 너무 늙었어. 나는 오래오래 함께 살 양을 원해."
그때쯤 내 인내심이 바닥났다. 어서 비행기 엔진을 분해하기 시작해야 하는데. 그래서 슥슥 이렇게 그려서 던져주며 말했다.
"이건 양이 사는 상자야. 네가 원하는 양은 그 안에 있어."

I was very surprised to see a light break over the face of my young judge: "That is exactly the way I wanted it! Do you think that this sheep will have to have a great deal of grass?"

"Why?"

"Because where I live everything is very small……."

"There will surely be enough grass for him," I said.

"It is a very small sheep that I have given you."

He bent his head over the drawing: "Not so small that, Look! He has gone to sleep……."

And that is how I made the acquaintance of the little prince.

어휘

judge 심판관 **exactly** 정확히 **great deal of** 많이 **grass** 풀 **bend** 고개를 숙이다 **go to sleep** 잠들다 **make the acquaintance of** ~을 알게 되다

꼬마 재판관의 얼굴이 환해지는 걸 보고 나는 무척 놀랐다.
"내가 바라던 바로 그 양이야! 얘는 풀을 어마어마하게 많이 먹어?"
"왜 그런 걸 묻니?" "내가 사는 곳은 모든 게 작거든."
"풀은 충분해." 내가 말했다. "내가 그린 양은 아주 작거든."
그는 고개를 숙여 그림을 보았다.
"그렇게 작지 않아…… 봐! 양이 막 잠들었어!"
나와 어린 왕자는 그렇게 처음 만났다.

3

It took me a long time to learn where he came from. The little prince, who asked me so many questions, never seemed to hear the ones I asked him. It was from words dropped by chance that, little by little, everything was revealed to me.

The first time he saw my airplane, for instance (I shall not draw my airplane; that would be much too complicated for me), he asked me: "What is that object?"

"That is not an object. It flies. It is an airplane. It is my airplane." And I was proud to have him learn that I could fly. He cried out, then: "What! You dropped down from the sky?"

어휘

take me a long time 오랜 시간이 걸리다 **question** 질문 **by chance** 우연히
reveal 드러나다 **for instance** 예를 들면 **complicated** 복잡한
object 물건 **proud** 자랑스러운

해석 어린 왕자가 어디에서 왔는지 이해하기까지 시간이 꽤 걸렸다. 그는 내게 수없이 질문을 던졌지만 내 질문은 듣지 않는 것 같았다. 그의 비밀에 차츰차츰 다가간 것은 대화 중에 우연히 나온 말들 덕분이었다. 어린 왕자는 처음으로 내 비행기를 보았을 때(비행기는 그리지 않기로 한다. 내 실력에 비해 너무 복잡한 그림이다) 물었다.

"이 물건은 도대체 뭐야?" "이건 물건이 아니야. 하늘을 나는 거란다. 비행기라고 해. 내 비행기."

내가 비행을 할 줄 안다는 걸 알려주며 꽤나 으쓱했다. 그가 소리쳤다.

"뭐? 아저씨 하늘에서 떨어졌구나!"

"Yes," I answered, modestly.

"Oh! That is funny!" And the little prince broke into a lovely peal of laughter, which irritated me very much. I like my misfortunes to be taken seriously.

Then he added: "So you, too, come from the sky! Which is your planet?" At that moment I caught a gleam of light in the impenetrable mystery of his presence; and I demanded, abruptly:

"Do you come from another planet?" But he did not reply. He tossed his head gently, without taking his eyes from my plane: "It is true that on that you can't have come from very far away……." And he sank into a reverie, which lasted a long time. Then, taking my sheep out of his pocket, he buried himself in the contemplation of his treasure.

어휘

modestly 겸손하게 **irritate** 화가 나다 **impenetrable** 헤아릴 수 없는 **abruptly** 불쑥 **toss** 고개를 끄덕이다 **sink into** 생각에 잠기다 **reverie** 공상 **contemplation** 사색

해석

"그래." 나는 대단찮은 일인 것처럼 말했다. "와! 진짜 신기하다!"

어린 왕자가 천진난만하게 웃음을 터트려서 나는 짜증이 치밀었다. 내가 겪은 고생을 진지하게 들어주길 원했던 것이다. 그때 어린 왕자가 말했다. "아저씨도 하늘에서 왔구나! 어느 별이야?" 나는 순간적으로 그의 존재의 비밀을 알아낼 희미한 빛을 발견한 것 같았다. 그에게 불쑥 질문을 던졌다. "너는 다른 별에서 왔다는 거니?" 어린 왕자는 대답하지 않았다. 내 비행기를 쳐다보며 부드럽게 고개를 끄덕이기만 했다. "그래, 이걸 타고 아주 멀리서 오긴 힘들겠어……." 어린 왕자는 한동안 꿈을 꾸듯 생각에 잠겼다. 그는 주머니에서 양 그림을 꺼내 보물처럼 뚫어지게 쳐다보았다.

You can imagine how my curiosity was aroused by this half-confidence about the "other planets." I made a great effort, therefore, to find out more on this subject.

"My little man, where do you come from? What is this 'where I live,' of which you speak? Where do you want to take your sheep?"

After a reflective silence he answered: "The thing that is so good about the box you have given me is that at night he can use it as his house."

"That is so. And if you are good I will give you a string, too, so that you can tie him during the day, and a post to tie him to."

But the little prince seemed shocked by this offer: "Tie him! What a queer idea!"

"But if you don't tie him," I said, "he will wander off somewhere, and get lost."

어휘

arouse ~을 자극하다 **half-confidence** 아리송함 **reflective** 숙고하는 **string** 끈 **post** 말뚝 **shock** 충격을 받다 **queer** 이상한 **wander off** 헤매다

해석

우연히 나온 '다른 별들'의 비밀을 더 알고 싶어 내가 얼마나 안달이 났겠는가. 나는 좀 더 자세한 이야기를 끌어내려고 애를 썼다.

"꼬마 친구, 넌 어디에서 왔니? '네가 사는 집'은 어디야? 내가 그려준 양을 어디로 데려갈 거니?"

한참을 곰곰이 생각하더니 그가 입을 열었다.

"아저씨가 준 상자의 좋은 점은, 밤이면 양이 쉬는 집이 된다는 거야."

"물론이지. 내 말을 잘 들으면 낮에 양을 묶을 수 있는 끈도 그려주마. 끈을 매어둘 말뚝도."

내 제안을 들은 어린 왕자는 꽤 충격을 받은 것 같았다. "양을 묶어? 참 이상한 생각을 다 하네!"

"하지만 묶어놓지 않으면 양은 아무데나 다니니까 결국 잃어버릴지도 몰라."

My friend broke into another peal of laughter: "But where do you think he would go?" "Anywhere. Straight ahead of him."

Then the little prince said, earnestly: "That doesn't matter. Where I live, everything is so small!" And, with perhaps a hint of sadness, he added: "Straight ahead of him, nobody can go very far……."

어휘

peal 큰 소리 **earnestly** 진지하게 **matter** 문제 **hint** 분위기

내 친구는 다시 웃음을 터트렸다.

"양이 어딜 간다는 거야?"

"어디든 갈 수 있지. 곧장 앞으로 직진해버리니까."

그러자 어린 왕자가 진지하게 말했다.

"필요 없어. 우리 별은 진짜 작거든!" 그는 살짝 슬픈 말투로 덧붙였다.

"너무 작아서 직진할 수도 없어……."

4

I had thus learned a second fact of great importance: this was that the planet the little prince came from was scarcely any larger than a house! But that did not really surprise me much. I knew very well that in addition to the great planets, such as the Earth, Jupiter, Mars, Venus, to which we have given names, there are also hundreds of others, some of which are so small that one has a hard time seeing them through the telescope.

When an astronomer discovers one of these he does not give it a name, but only a number. He might call it, for example, "Asteroid 325."

어휘

importance 중요성 **scarcely** 거의 ~하지 않다 **Jupiter** 목성 **Mars** 화성
Venus 금성 **telescope** 망원경 **astronomer** 천문학자 **discover** 발견하다
asteroid 소행성

해석

그렇게 나는 굉장히 중요한 두 번째 사실을 알게 되었다. 어린 왕자의 고향별이 집 한 채보다 조금 큰 정도라는 것이다!

하지만 크게 놀라진 않았다. 우리가 이름을 붙여준 지구와 목성, 화성, 금성 같은 거대 행성 말고도 너무 작아서 망원경에 잡히지 않는 행성이 족히 수백 개는 된다는 걸 알고 있었다. 천문학자는 그중 하나를 발견하면 숫자로 이름을 붙인다. 예를 들면 '소행성325' 이런 식으로 부르는 것이다.

The Little Prince on Asteroid B-61

The Little Prince on Asteroid B-612

소행성 B612 위에 서 있는 어린 왕자

I have serious reason to believe that the planet from which the little prince came is the asteroid known as B-612. This asteroid has only once been seen through the telescope. That was by a Turkish astronomer, in 1909.

On making his discovery, the astronomer had presented it to the International Astronomical Congress, in a great demonstration. But he was in Turkish costume, and so nobody would believe what he said. Grown-ups are like that…….

어휘

serious 중대한 **demonstration** 증명 **costume** 의상 **believe** 믿다

해석

어린 왕자가 소행성 B612에서 왔다고 믿을 만한 합당한 이유가 있다. 그 소행성은 1909년 터키 천문학자의 망원경에 단 한 번 포착된 적이 있었다.
터키 천문학자는 국제 천문학회에서 그 행성의 존재를 증명해냈다. 하지만 그의 복장 때문에 아무도 그를 신뢰하지 않았다. 어른들은 늘 그런 식이다.

Fortunately, however, for the reputation of Asteroid B-612, a Turkish dictator made a law that his subjects, under pain of death, should change to European costume. So in 1920 the astronomer gave his demonstration all over again, dressed with impressive style and elegance. And this time everybody accepted his report.

If I have told you these details about the asteroid, and made a note of its number for you, it is on account of the grown-ups and their ways. When you tell them that you have made a new friend, they never ask you any questions about essential matters. They never say to you, “What does his voice sound like? What games does he love best? Does he collect butterflies?”

어휘

fortunately 다행스럽게도 **reputation** 명성 **dictator** 독재자
impressive 인상적인 **elegance** 고상함 **accept** 받아들이다 **details** 세부사항
on account of ~ 때문에 **essential** 필수적인

해석

터키의 한 독재자가 유럽식으로 옷을 입지 않으면 사형에 처하겠노라는 명령을 내렸다. 소행성 B612의 명성을 생각하면 다행스러운 일이었다. 결국 천문학자는 1920년에 우아한 차림을 하고서 다시 발표를 했다. 이번에는 모두가 그의 발표를 신뢰했다.

내가 당신에게 소행성 B612의 세부 사항을 이야기하며 행성 번호를 알려주는 이유도 다 어른들 때문이다. 어른들은 숫자를 좋아한다. 그들 앞에서 새로 사귄 친구 이야기를 꺼내도 그들은 중요한 본질에 대해서는 결코 질문할 줄 모른다. "그 아이 목소리는 어떠니? 그 애가 가장 좋아하는 놀이는 뭐지? 그 애도 나비를 수집하니?" 이런 질문을 하는 어른은 없다.

Instead, they demand: "How old is he? How many brothers has he? How much does he weigh? How much money does his father make?"

Only from these figures do they think they have learned anything about him.

If you were to say to the grown-ups: "I saw a beautiful house made of rosy brick, with geraniums in the windows and doves on the roof," they would not be able to get any idea of that house at all.

You would have to say to them: "I saw a house that cost $20,000." Then they would exclaim: "Oh, what a pretty house that is!" Just so, you might say to them: "The proof that the little prince existed is that he was charming, that he laughed, and that he was looking for a sheep. If anybody wants a sheep, that is a proof that he exists." And what good would it do to tell them that?

어휘

instead 대신에 **figure** 숫자 **rosy brick** 장밋빛 벽돌 **geranium** 제라늄
dove 비둘기 **exclaim** 소리치다 **proof** 증거 **exist** 존재하다

해석

어른들은 이렇게 묻는다. "그 애는 몇 살이니? 형제는 몇 명이고? 몸무게는 몇 킬로그램이지? 아버지 수입은 얼마나 되니?" 그런 사실들을 알아야 그 아이를 제대로 안다고 생각한다. 어른들에게 "아름다운 장미색 벽돌집을 봤어요. 창문에는 제라늄 화분이 놓여 있고 지붕에는 비둘기들이 앉아 있고요……" 하고 말해보라. 그들은 그 집이 어떻게 생겼는지 결코 상상하지 못할 것이다. 이렇게 말하면 효과가 있다. "2만 달러짜리 저택을 봤어요." 그러면 그들은 "정말 멋지겠구나!" 하고 소리칠 것이다. "어린 왕자가 있었다는 증거는요, 그 애가 둘도 없이 매력적이었고, 환하게 웃었고, 양을 갖고 싶어 했다는 거예요. 누군가 양을 원한다는 건 그 사람이 존재한다는 증거잖아요."

They would shrug their shoulders, and treat you like a child. But if you said to them: "The planet he came from is Asteroid B-612," then they would be convinced, and leave you in peace from their questions. They are like that. One must not hold it against them. Children should always show great forbearance toward grown-up people. But certainly, for us who understand life, figures are a matter of indifference.

I should have liked to begin this story in the fashion of the fairy-tales. I should have like to say: "Once upon a time there was a little prince who lived on a planet that was scarcely any bigger than himself, and who had need of a sheep……."

어휘

shrug 으쓱하다 **convince** 납득시키다 **in peace** 편안히 **forbearance** 인내 **indifference** 무관심 **fairy-tale** 동화

이 말을 들은 어른들은 그저 어깨를 으쓱하고 당신을 어린애 취급할 것이다. 그러니 이렇게 말해보라. "어린 왕자의 고향은 소행성 B612예요." 어른들은 바로 납득하고는, 질문을 던져 당신을 괴롭히지 않을 것이다. 어른들은 원래 그런 식이다. 원망할 것도 없다. 아이들은 어른들에게 관대해야 한다.

확실한 건, 인생이 어떤 것인지 이해하는 사람들에게 숫자 따위는 가소로울 것이다! 나는 이 이야기를 동화처럼 시작하는 편이 더 좋았을 것이다. 이렇게 말이다.

"옛날 옛적에 자기보다 조금 큰 소행성에 어린 왕자가 살았는데 그는 친구가 필요했다."

To those who understand life, that would have given a much greater air of truth to my story. For I do not want any one to read my book carelessly. I have suffered too much grief in setting down these memories. Six years have already passed since my friend went away from me, with his sheep. If I try to describe him here, it is to make sure that I shall not forget him. To forget a friend is sad. Not every one has had a friend. And if I forget him, I may become like the grown-ups who are no longer interested in anything but figures…….

It is for that purpose, again, that I have bought a box of paints and some pencils. It is hard to take up drawing again at my age, when I have never made any pictures except those of the boa constrictor from the outside and the boa constrictor from the inside, since I was six.

어휘

truth 진실 **carelessly** 무심하게 **grief** 슬픔 **suffer** 겪다 **take up** 다시 시작하다

해석

인생의 의미를 이해하는 사람들에게는 그 편이 훨씬 진실하게 읽힐 테니까. 그렇게 하지 않은 건, 내 책이 가벼운 이야기로 읽히길 원하지 않기 때문이다. 어린 왕자와의 추억을 이야기하면 나는 슬픔에 휩싸인다. 내 친구가 양을 데리고 떠나버린 지도 벌써 6년이나 흘렀다. 지금 여기에서 그 아이를 그려보려고 애쓰는 것은 그를 잊지 않기 위해서다. 친구를 잊는 것은 슬픈 일이지 않은가. 모두가 그런 친구를 가질 수 있는 것도 아니고. 나 역시 숫자와 자기 자신만 아는 어른이 되어버릴 수도 있었다. 그렇게 되지 않으려고 나는 그림물감과 연필을 샀다. 여섯 살 때 속이 보이는 보아뱀과 안 보이는 보아뱀을 그린 게 전부면서 지금 이 나이에 다시 그림을 그린다는 게 얼마나 힘든 일인지 알 것이다.

I shall certainly try to make my portraits as true to life as possible. But I am not at all sure of success. One drawing goes along all right, and another has no resemblance to its subject. I make some errors, too, in the little prince's height: in one place he is too tall and in another too short. And I feel some doubts about the color of his costume. So I fumble along as best I can, now good, now bad, and I hope generally fair-to-middling. In certain more important details I shall make mistakes, also. But that is something that will not be my fault. My friend never explained anything to me. He thought, perhaps, that I was like himself. But I, alas, do not know how to see sheep through the walls of boxes. Perhaps I am a little like the grown-ups. I have had to grow old.

어휘

fumble 어설프게 시도하다 **fair to middling** 웬만한 **fault** 잘못

해석

가능한 한 어린 왕자와 닮은 초상화를 그리려고 최선을 다하겠지만, 잘해낼 자신은 없다. 어떤 그림은 괜찮지만 어떤 그림은 전혀 비슷하지 않다. 어린 왕자의 키부터가 살짝 틀린 것 같다. 이 그림에서는 너무 키가 크고 저 그림에서는 또 너무 작다. 어린 왕자의 옷 색깔도 오락가락한다. 이렇게도 그렸다가 저렇게도 그렸다가 기억을 더듬어갈 뿐이다. 아주 중요한 세부 사항들도 결국 잘못 기억하고 실수할지도 모른다. 그렇더라도 나를 이해해달라. 내 친구는 좀처럼 설명을 하지 않았다. 아마도 자기와 비슷하게 그려줄 거라고 나를 믿고 있었으리라. 하지만 나는 안타깝게도 상자 속에 들어 있는 양을 보는 법을 알지 못한다. 어느 정도는 다른 어른들과 비슷해졌기 때문이다. 분명 나이를 먹은 것이리라.

5

As each day passed I would learn, in our talk, something about the little prince's planet, his departure from it, his journey. The information would come very slowly, as it might chance to fall from his thoughts. It was in this way that I heard, on the third day, about the catastrophe of the baobabs.

This time, once more, I had the sheep to thank for it. For the little prince asked me abruptly, as if seized by a grave doubt,

"It is true, isn't it, that sheep eat little bushes?"

"Yes, that is true."

"Ah! I am glad!"

어휘

departure 출발 **chance to** 우연히 ~하다 **thought** 생각 **catastrophe** 비극
abruptly 불쑥 **seize** 붙잡다 **grave** 심각한

나는 어린 왕자의 소행성과 그곳을 떠나온 일, 그리고 그의 여행에 대해 날마다 조금씩 알아갔다. 열심히 궁리하고 우연이 더해지며 아주 자연스럽게 그렇게 되었다. 바오바브나무의 비극을 알게 된 건 사흘째 되던 날이었다.

이번에도 역시 양 덕분이었다. 어린 왕자는 심각하게 의심스럽다는 듯 불쑥 물었다.

"근데 양이 진짜 작은 떨기나무를 먹어?"

"응. 사실이야."

"아, 잘됐다!"

I did not understand why it was so important that sheep should eat little bushes. But the little prince added: "Then it follows that they also eat baobabs?" I pointed out to the little prince that baobabs were not little bushes, but, on the contrary, trees as big as castles; and that even if he took a whole herd of elephants away with him, the herd would not eat up one single baobab.

The idea of the herd of elephants made the little prince laugh. "We would have to put them one on top of the other," he said. But he made a wise comment:

"Before they grow so big, the baobabs start out by being little."

어휘

bush 덤불 **castle** 성곽 **point out** 지적하다 **contrary** 반대로 **herd** 무리
eat up 먹어 치우다 **on top of the other** 차례로 쌓아 **comment** 말하다

해석

양이 작은 떨기나무를 먹는 게 왜 그렇게 중요한지 알 수 없었다. 어린 왕자는 또 물었다. "그러면 양은 바오바브나무도 먹겠네?"

나는 그에게 바오바브나무는 작은 떨기나무가 아니라 교회만큼 큰 나무다, 코끼리 한 무리가 와도 바오바브나무 한 그루를 다 먹어치울 수 없다고 분명히 알려주었다.

코끼리 한 무리를 떠올린 어린 왕자가 웃음을 터트렸다. "코끼리 위에 코끼리를 얹어놓아야 할지도 몰라."

어린 왕자는 똑똑하게 이런 지적도 했다. "바오바브나무도 큰 나무가 되기 전엔 조그만 나무였겠지."

"That is strictly correct," I said. "But why do you want the sheep to eat the little baobabs?"

He answered me at once, "Oh, come, come!", as if he were speaking of something that was self-evident. And I was obliged to make a great mental effort to solve this problem, without any assistance.

Indeed, as I learned, there were on the planet where the little prince lived, as on all planets, good plants and bad plants. In consequence, there were good seeds from good plants, and bad seeds from bad plants. But seeds are invisible. They sleep deep in the heart of the earth's darkness, until some one among them is seized with the desire to awaken. Then this little seed will stretch itself and begin, timidly at first, to push a charming little sprig inoffensively upward toward the sun. If it is only a sprout of radish or the sprig of a rose-bush, one would let it grow wherever it might wish.

어휘

strictly 정확히 **correct** 옳은 **self-evident** 당연한 **be obliged to** ~을 해야 하다 **mental** 정신적 **assistance** 도움 **in consequence** 결과적으로 **seed** 씨앗 **be seized with** ~의 욕망에 사로잡히다 **timidly** 소심하게 **inoffensively** 해가 되지 않게 **sprout** 싹 **radish** 무

해석

"맞아. 그런데 네 양이 어린 바오바브나무를 먹어야 하는 이유라도 있어?"

"흠! 생각해봐!" 어린 왕자는 다 아는 것을 묻는다는 투로 대답했다. 나는 그 문제를 혼자 이해해보려고 꽤나 머리를 쥐어짰다. 어린 왕자의 별에도 다른 별들처럼 좋은 풀과 나쁜 풀이 같이 자랐다. 좋은 풀로 자라는 좋은 씨앗, 나쁜 풀로 자라는 나쁜 씨앗이 있었다. 씨앗은 겉에서는 보이지 않는 법이다. 땅 밑에 숨어 잠자던 씨앗 하나가 일어나고 싶다는 욕망을 품는다. 씨앗은 기지개를 켜고서 태양을 향해 수줍게 아름답고 소박한 가지를 내민다. 작은 무나 장미나무 잔가지라면 마음껏 자라게 두겠지만, 나쁜 식물의 싹은 발견하는 즉시 뽑아야 한다.

But when it is a bad plant, one must destroy it as soon as possible, the very first instant that one recognizes it.

Now there were some terrible seeds on the planet that was the home of the little prince; and these were the seeds of the baobab. The soil of that planet was infested with them. A baobab is something you will never, never be able to get rid of if you attend to it too late. It spreads over the entire planet. It bores clear through it with its roots. And if the planet is too small, and the baobabs are too many, they split it in pieces…….

"It is a question of discipline," the little prince said to me later on.

어휘

destroy 파괴하다 **infest** 가득하다 **get rid of** 제거하다 **attend to** ~을 처리하다
bore ~에 구멍을 뚫다 **discipline** 규율

해석

어린 왕자의 별에도 물론 나쁜 씨앗들이 있었다. 바로 바오바브나무 씨앗이었다. 그의 별은 바오바브나무 씨앗 때문에 황폐해졌다. 바오바브나무는 조금만 늦게 손을 써도 평생 처치 곤란이 된다. 별 전체를 뒤덮어버리고 땅속 깊숙한 곳까지 뿌리내리기 때문이다. 별의 면적에 비해 바오바브나무 수가 너무 많아지면 결국 별은 터져버린다.
"그건 규율의 문제야." 나중에 어린 왕자가 내게 말해주었다.

"When you've finished your own toilet in the morning, then it is time to attend to the toilet of your planet, just so, with the greatest care. You must see to it that you pull up regularly all the baobabs, at the very first moment when they can be distinguished from the rosebushes which they resemble so closely in their earliest youth. It is very tedious work," the little prince added, "but very easy."

And one day he said to me: "You ought to make a beautiful drawing, so that the children where you live can see exactly how all this is. That would be very useful to them if they were to travel some day.

어휘

toilet 몸단장 **distinguish** 구별하다 **rosebush** 장미 덤불
tedious 지루한 **ought to** ~해야한다

해석

"아침에 세수를 마치면 별도 구석구석 정성스럽게 닦아줘야 해. 어린 바오바브나무는 장미나무와 비슷하게 생겼거든. 바오바브나무인 게 구분이 되면 규칙적으로 뽑아줘야 해. 무척 지루해도 쉬운 작업이야."

어느 날 그는 지구의 어린이들이 바오바브나무의 위험을 인지하도록 나에게 멋진 그림을 하나 그려보라고 했다.

"언젠가 어린이들이 여행을 떠날 때 그 그림은 무척 유익할 거야.

"Sometimes," he added, "there is no harm in putting off a piece of work until another day. But when it is a matter of baobabs, that always means a catastrophe. I knew a planet that was inhabited by a lazy man. He neglected three little bushes……."

So, as the little prince described it to me, I have made a drawing of that planet.

I do not much like to take the tone of a moralist. But the danger of the baobabs is so little understood, and such considerable risks would be run by anyone who might get lost on an asteroid, that for once I am breaking through my reserve. "Children," I say plainly, "watch out for the baobabs!"

어휘

harm 피해 **catastrophe** 재앙 **inhabited** 거주하는 **neglect** 무시하다
moralist 도덕주의자 **considerable** 심각한 **plainly** 분명히
skirt 피해가다 **pass on** 전하다

해석

일은 가끔 미루어도 괜찮아. 하지만 바오바브나무는 말이지, 항상 골칫거리거든. 한번은 어느 게으름뱅이가 사는 별에 간 적이 있어. 그 사람은 떨기나무 세 그루를 대수롭지 않게 여겼다가……."

어린 왕자가 알려준 대로 나는 그 게으름뱅이가 사는 별을 그렸다. 원래 나는 사람들에게 훈계하는 걸 좋아하지 않는다. 하지만 바오바브나무의 위험은 거의 알려지지 않았고, 별에서 길을 잃고 겪는 위험도 무시할 수 없어서 이번만 조심스럽게 예외를 두겠다. 이 자리에서 말해둔다.

"어린이들아! 바오바브나무를 조심하렴!"

My friends, like myself, have been skirting this danger for a long time, without ever knowing it; and so it is for them that I have worked so hard over this drawing.

The lesson which I pass on by this means is worth all the trouble it has cost me. Perhaps you will ask me, "Why are there no other drawing in this book as magnificent and impressive as this drawing of the baobabs?" The reply is simple. I have tried. But with the others I have not been successful. When I made the drawing of the baobabs I was carried beyond myself by the inspiring force of urgent necessity.

어휘

worth the trouble ~할 가치가 있다 **magnificent** 멋진 **inspire** 영감을 주다
urgent 절실한 **necessit**y 필요성

해석

나는 나처럼 오랫동안 바오바브나무의 위험을 알지 못하고 지나쳐온 내 친구들에게 경고하기 위해 공들여 그림을 그렸다. 내 교훈은 배울 만한 가치가 있다. 당신은 이 책을 읽으며 이런 의문을 가질지도 모르겠다. 왜 바오바브나무 그림만큼 큰 다른 그림은 안 나오지? 대답은 아주 간단하다. 그리려고 시도는 했지만 잘 그리지 못했다. 바오바브나무를 그릴 때는 어서 빨리 위험을 알려야 한다는 마음에 내가 꽤나 기운이 넘쳤던 것이다.

6

Oh, little prince! Bit by bit I came to understand the secrets of your sad little life……. For a long time you had found your only entertainment in the quiet pleasure of looking at the sunset.

I learned that new detail on the morning of the fourth day, when you said to me:

"I am very fond of sunsets. Come, let us go look at a sunset now."

"But we must wait," I said.

"Wait? For what?"

"For the sunset. We must wait until it is time."

At first you seemed to be very much surprised. And then you laughed to yourself.

어휘

bit by bit 하나씩, 서서히 **secret** 비밀 **entertainment** 오락, 여흥
pleasure 기쁨, 즐거움 **sunset** 석양 **be fond of** ~을 좋아하다

해석

아! 어린 왕자, 너의 단순하고 적적한 삶에 대해 나는 조금씩 알아갔지. 오랫동안 너에겐 지는 해를 감상하는 것 말고는 즐거운 일이 없었던 거야. 나흘째 되는 아침 네 말을 듣고서 나는 새로운 사실을 알았다.

"나는 해 지는 걸 보는 게 좋아. 함께 보러 가자."

"그럼 기다려야지." "뭘 기다려?" "태양이 넘어가기를 기다리지."

너는 깜짝 놀란 표정을 짓다가, 스스로도 어이가 없었던지 웃음을 터트렸다.

You said to me: "I am always thinking that I am at home!"

Just so. Everybody knows that when it is noon in the United States the sun is setting over France. If you could fly to France in one minute, you could go straight into the sunset, right from noon. Unfortunately, France is too far away for that. But on your tiny planet, my little prince, all you need do is move your chair a few steps. You can see the day end and the twilight falling whenever you like⋯⋯.

"One day," you said to me, "I saw the sunset forty-four times!"

어휘

noon 정오 **go straight** 곧장 가다 **unfortunately** 불행히도
far away 멀리 **tiny** 아주 작은 **a few steps** 서너 걸음 **twilight** 황혼
fall (어둠이) 찾아오다

해석

그리고 내게 말했다. "내가 우리 별에 있다고 생각했어!"
그 말은 사실이었다. 누구나 알다시피 미국이 정오일 때 프랑스는 해가 진다. 지는 해를 보려면 재빨리 프랑스로 가면 된다. 안타깝게도 프랑스가 너무 멀긴 하지만. 그런데 네 조그마한 별에서는 의자를 조금 옆으로 옮기기만 해도 가능하다. 어스름한 석양빛이 보고 싶어질 때마다 너는 그렇게 했겠지.
"어느 날은 태양이 지는 걸 마흔네 번이나 본 적도 있어!"

And a little later you added: “You know, one loves the sunset, when one is so sad…….” “Were you so sad, then?” I asked, “on the day of the forty-four sunsets?”

But the little prince made no reply.

어휘

sunset 일몰 **reply** 대답하다

해석

조금 있다가 너는 이렇게 덧붙였다.
"있잖아, 사람은 너무 슬플 때 해 지는 걸 보고 싶거든……."
"태양이 지는 걸 마흔네 번이나 본 날 그렇게 슬펐던 거야?"
어린 왕자는 내 질문에 대답하지 않았다.

7

On the fifth day, again, as always, it was thanks to the sheep, the secret of the little prince's life was revealed to me.

Abruptly, without anything to lead up to it, and as if the question had been born of long and silent meditation on his problem, he demanded: "A sheep; if it eats little bushes, does it eat flowers, too?"

"A sheep," I answered, "eats anything it finds in its reach."

"Even flowers that have thorns?"

"Yes, even flowers that have thorns."

"Then the thorns, what use are they?" I did not know.

At that moment I was very busy trying to unscrew a bolt that had got stuck in my engine.

어휘

reveal 밝히다 **abruptly** 불쑥 **lead up** 선수치다 **meditation** 명상
demand 묻다 **thorn** 가시 **unscrew** ~을 풀다 **stuck** 꽉 끼인

해석

닷새째 되던 날, 이번에도 양 덕분에 나는 어린 왕자의 인생의 비밀에 다가가게 되었다. 그가 내게 불쑥 물었다. 오래도록 조용히 고민해온 문제의 답을 찾은 것처럼 느닷없었다. "양이 떨기나무를 먹는다고 했잖아! 그럼 꽃도 먹어?" "양은 앞에 있는 건 뭐든 다 먹어." "가시 있는 꽃도?"
"그래. 가시가 있어도 먹어." "그럼 꽃의 가시가 무슨 소용이 있어?"
나도 답을 알지 못하는 질문이었다. 게다가 나는 너무 꽉 조여 있는 엔진 볼트를 해체하느라 정신이 없었다.

I was very much worried, for it was becoming clear to me that the breakdown of my plane was extremely serious. And I had so little drinking-water left that I had to fear for the worst.

"The thorns, what use are they?"

The little prince never let go of a question, once he had asked it. As for me, I was upset over that bolt. And I answered with the first thing that came into my head:

"The thorns are of no use at all. Flowers have thorns just for spite!"

"Oh!" There was a moment of complete silence.

Then the little prince flashed back at me, with a kind of resentfulness: "I don't believe you! Flowers are weak creatures. They are naive.

어휘

breakdown 고장 **let go of** ~을 포기하다 **extremely** 극도로 **upset** 당황한 **of no use** 쓸모없는 **spite** 심술 **silence** 침묵 **flash back** 노려보다 **resentfulness** 분개 **naive** 순진한

해석

비행기 고장이 꽤 심각한 것으로 드러난 데다 물도 바닥나고 있었다. 최악의 상황을 상상하니 두려웠고 고민이 깊었다. "꽃의 가시가 무슨 소용이 있는 거야?" 어린 왕자는 질문을 한번 던지면 멈추는 법이 없었다. 나는 볼트 때문에 신경이 날카로워져서 되는대로 말했다.

"가시는 아무 소용도 없어. 그냥 꽃이 심술을 부리는 거지."

"아!" 잠시 침묵을 지키던 어린 왕자가 분하다는 듯 말을 던졌다.

"아서씨 말을 못 믿겠어! 꽃은 약하잖아. 순진하고.

They reassure themselves as best they can. They believe that their thorns are terrible weapons……."

I did not answer. At that instant I was saying to myself: "If this bolt still won't turn, I am going to knock it out with the hammer."

Again the little prince disturbed my thoughts. "And you actually believe that the flowers……."

"Oh, no!" I cried. "No, no no! I don't believe anything. I answered you with the first thing that came into my head. Don't you see, I am very busy with matters of consequence!"

He stared at me, thunderstruck. "Matters of consequence!"

He looked at me there, with my hammer in my hand, my fingers black with engine grease, bending down over an object which seemed to him extremely ugly…….

reassure 안심시키다 **disturb** 방해하다 **thunderstruck** 극도로 놀란
grease 기름 **extremely** 매우

해석

꽃도 가능한 한 안심하고 싶은 거야. 가시가 있으면 꽃도 힘들다고."

나는 대답하지 않았다. 그 순간 속으로 이런 생각을 하고 있었다.

'볼트가 계속 말썽을 부리면 망치로 부숴버려야겠어.' 어린 왕자가 다시 내 생각을 방해했다.

"아저씨 생각엔, 그러니까, 꽃이……." "아니, 아니야! 난 아무것도 몰라! 그냥 아무 말이나 한 거야. 내가, 지금 중요한 일이 있어서, 바빠서!" 그는 얼이 빠진 표정으로 나를 쳐다보았다.

"중요한 일?" 어린 왕자는 나를 보고 있었다. 손가락에 더러운 기름때를 묻힌 채 망치를 들고서 추하게 생긴 물건에 기대 있는 나를.

"You talk just like the grown-ups!" That made me a little ashamed. But he went on, relentlessly: "You mix everything up together……. You confuse everything……."

He was really very angry. He tossed his golden curls in the breeze.

"I know a planet where there is a certain red-faced gentleman. He has never smelled a flower. He has never looked at a star. He has never loved any one.

He has never done anything in his life but add up figures. And all day he says over and over, just like you: 'I am busy with matters of consequence!' And that makes him swell up with pride.

"But he is not a man, he is a mushroom!"

"A what?"

"A mushroom!" The little prince was now white with rage.

어휘

ashamed 부끄러운 **go on** 계속하다 **relentlessly** 가차 없이 **confuse** 혼동하다
over and over 반복하여 **swell up** 뽐내다 **mushroom** 버섯 **rage** 분노

해석

"아저씨도 어른들처럼 말하네." 그 말을 듣자 나는 살짝 부끄러워졌다. 어린 왕자가 냉정하게 덧붙였다. "아저씨는 단단히 헷갈리고 있어, 완전히 엉망진창이라고!"

그는 진심으로 화가 나 있었다. 바람결에 황금빛 머리칼이 흔들렸다. "내가 갔던 어느 별에 얼굴이 빨간 아저씨가 있었어. 그 아저씨는 꽃향기를 한 번도 맡아보지 못했대. 별을 바라본 적도 없고, 사랑하는 사람도 없었어. 계산 말고는 해본 게 없었어. 하루 종일 그는 아저씨처럼 말했어. '나는 중요한 일을 하는 사람이다! 진지한 사람이야!' 얼마나 잘난 척을 했는지 몰라. 그런데 그는 사람이 아니야, 버섯이지!" "뭐라고?" "버섯이라고!" 어린 왕자는 화가 나다 못해 얼굴이 새하얗게 질렸다.

"The flowers have been growing thorns for millions of years. For millions of years the sheep have been eating them just the same. And is it not a matter of consequence to try to understand why the flowers go to so much trouble to grow thorns which are never of any use to them? Is the warfare between the sheep and the flowers not important? Is this not of more consequence than a fat red-faced gentleman's sums? And if I know, I, myself, one flower which is unique in the world, which grows nowhere but on my planet, but which one little sheep can destroy in a single bite some morning, without even noticing what he is doing, Oh! You think that is not important!"

His face turned from white to red as he continued: "If some one loves a flower, of which just one single blossom grows in all the millions and millions of stars, it is enough to make him happy just to look at the stars.

warfare 싸움 **unique** 유일한 **destroy** 파괴하다
bite 한 입 물다 **notice** 알아차리다 **turn** 변하다 **continue** 계속하다
blossom 꽃

해석

"꽃들이 가시를 만들어온 지 수백만 년이 되었어. 양들이 꽃을 먹은 것도 수백만 년이 되었고. 아무 소용도 없는 가시를 만들어내려고 꽃들이 그렇게나 고생하는데, 왜 그러는 건지 이해하려고 하는 게 중요한 일이 아니야? 양과 꽃의 전쟁이 중요하지 않아? 얼굴이 빨간 뚱보 아저씨의 덧셈보다 더 중대하고 중요한 일이 아니야? 우리 별에는 세상 어디에도 없는 단 하나뿐인 꽃이 있어. 어느 아침, 작은 양 한 마리가 무슨 짓을 저지르는지도 모르고 단번에 그 꽃을 먹어버려도 그게 중요하지 않다는 말이야?" 어린 왕자는 얼굴이 시뻘게져서 계속 말했다. "만일 누군가 수백만 개의 별 가운데 단 하나밖에 없는 꽃을 사랑한다고 해봐. 그는 별들을 쳐다보기만 해도 행복할 거야. 이렇게 생각하겠지. '내 꽃이 저기 어딘가 있어.' 양이 꽃을 먹어버리면 그는 모든 별들이 일순간 자취를 감춰버린 느낌을 받겠지. 그런데 그게 중요하지 않은 일이야?"

He can say to himself, 'Somewhere, my flower is there…….' But if the sheep eats the flower, in one moment all his stars will be darkened……. And you think that is not important!"

He could not say anything more. His words were choked by sobbing. The night had fallen. I had let my tools drop from my hands. Of what moment now was my hammer, my bolt, or thirst, or death? On one star, one planet, my planet, the Earth, there was a little prince to be comforted. I took him in my arms, and rocked him. I said to him: "The flower that you love is not in danger. I will draw you a muzzle for your sheep. I will draw you a railing to put around your flower. I will……."

I did not know what to say to him. I felt awkward and blundering. I did not know how I could reach him, where I could overtake him and go on hand in hand with him once more.

It is such a secret place, the land of tears.

어휘

darken 어두워지다 **choke** 숨이 막히다 **sob** 흐느껴 울다 **fallen** (밤이)되다
thirst 갈증 **comfort** 위로하다 **rock** 달래다 **muzzle** 입마개
railing 울타리 **awkward** 어색한 **blundering** 쑥스러운
overtake 따라잡다 **tears** 눈물

해석 어린 왕자는 더 말을 잇지 못했다. 그는 감정이 복받친 듯 울음을 터트렸다.

어느 새 밤이 내려와 있었다. 나는 연장을 내려놓았다. 내 망치와 볼트, 목마름과 죽음은 그 순간 조금도 중요하지 않았다. 어느 별, 어느 행성, 내 별인 지구 위에 내가 위로해줘야 할 어린 왕자가 있었다! 나는 팔을 벌려 그를 안아주었다. 그를 품에 안고 흔들어 달래주었다. 이렇게 말해주었다.

"네가 사랑하는 꽃은 위험하지 않아. 양의 입에 씌울 부리망을 그려줄게. 네 꽃을 위해 보호용 덮개도 그려줄게. 내가……." 더 뭐라고 말해야 할지 도무지 알 수 없었다. 내가 제대로 하고 있지 못하다는 느낌이 들었다. 어떻게 그의 마음에 가닿아서 그를 되찾아올 수 있는지 알 수 없었다. 눈물의 나라는 이다지도 알 수 없는 곳이다!

8

I soon learned to know this flower better. On the little prince's planet the flowers had always been very simple. They had only one ring of petals; they took up no room at all; they were a trouble to nobody. One morning they would appear in the grass, and by night they would have faded peacefully away.

But one day, from a seed blown from no one knew where, a new flower had come up; and the little prince had watched very closely over this small sprout which was not like any other small sprouts on his planet. It might, you see, have been a new kind of baobab.

어휘

simple 소박한 **petal** 꽃잎 **take up** 차지하다 **trouble** 문제 **appear** 나타나다 **grass** 풀 **fade away** 시들다 **blow** 바람에 날리다 **sprout** 싹

해석

나는 그 꽃에 대해 빠른 속도로 알아갔다. 어린 왕자의 별에는 언제나 아주 소박한 꽃들이 피어 있었다. 하나의 꽃잎을 가진 꽃들은 자리도 거의 차지하지 않았고 누군가의 마음을 뒤흔들지도 못했다. 어느 아침 잡초 사이에 모습을 드러냈다가 저녁이면 시들 뿐이었다.
그러던 어느 날, 어딘지 모를 곳에서 날아온 씨앗에서 싹이 움텄고, 어린 왕자는 다른 꽃들과 전혀 다른 그 작은 가지를 바로 곁에서 내내 지켜보았다. 새로운 종류의 바오바브나무인 것 같았다.

The shrub soon stopped growing, and began to get ready to produce a flower. The little prince, who was present at the first appearance of a huge bud, felt at once that some sort of miraculous apparition must emerge from it. But the flower was not satisfied to complete the preparations for her beauty in the shelter of her green chamber. She chose her colours with the greatest care. She adjusted her petals one by one. She did not wish to go out into the world all rumpled, like the field poppies. It was only in the full radiance of her beauty that she wished to appear. Oh, yes! She was a coquettish creature! And her mysterious adornment lasted for days and days. Then one morning, exactly at sunrise, she suddenly showed herself. And, after working with all this painstaking precision, she yawned and said: "Ah! I am scarcely awake. I beg that you will excuse me. My petals are still all disarranged······."

어휘

shrub 작은 가지 **huge bud** 커다란 봉오리 **apparition** 출현 **emerge** 나타나다
adjust 다듬다 **rumple** 헝클어뜨리다 **poppy** 양귀비 **radiance** 빛
coquettish 요염한 **painstaking** 공들인 **precision** 꼼꼼함
scarcely 겨우 **petal** 꽃잎

해석

그런데 작은 떨기나무는 곧 성장을 멈추더니 꽃을 피울 준비를 하기 시작했다. 커다란 꽃망울을 본 어린 왕자는 그 안에서 기적이 피어나리라는 걸 감지했지만, 꽃은 녹색 방에 숨어 아름답게 단장하기를 그치지 않았다. 꽃은 정성스레 색깔을 골랐다. 천천히 옷을 입고는 꽃잎들을 매만졌다. 양귀비처럼 구질구질한 모습으로 밖에 나오긴 싫었다. 자신의 아름다움이 최고조에 달했을 때 바로 그때 나오려고 했던 것이다. 그래, 그렇다. 무척이나 멋을 부리는 꽃이었다! 영문을 알 수 없는 단장은 그런 식으로 며칠간 계속되었다. 그러더니 어느 아침 동이 틀 무렵, 꽃이 얼굴을 내밀었다. 너무 꼼꼼하게 일을 한 탓인지 꽃은 하품을 했다. "아! 겨우 일어났어. 이해해줘, 머리를 매만지지 못했거든."

But the little prince could not restrain his admiration:

"Oh! How beautiful you are!"

"Am I not?" the flower responded, sweetly. "And I was born at the same moment as the sun……."

The little prince could guess easily enough that she was not any too modest, but how moving, and exciting she was!

"I think it is time for breakfast," she added an instant later. "If you would have the kindness to think of my needs"

And the little prince, completely abashed, went to look for a sprinkling can of fresh water.

어휘

adornment 치장 **disarrange** 헝클어지다 **restrain** 금하다 **admiration** 감탄
modest 겸손한 **abashed** 당황한 **sprinkling-can** 물뿌리개

해석

어린 왕자의 입에서 감탄이 터져나왔다.
"너는 정말 아름다워!"
"그렇지? 난 태양과 같은 날 태어났으니까."
어린 왕자는 꽃이 겸손한 성격이 아니라는 걸 알아차렸다. 하지만 이렇게나 감동을 주지 않은가!
"아침 먹을 시간 같은데." 꽃은 바로 이렇게 덧붙였다. "내게 친절을 베풀 생각은 있는 거지?"
어린 왕자는 적잖이 당황했지만 신선한 물이 든 물뿌리개를 찾아서 꽃에게 뿌려주었다.

So, he tended the flower. So, too, she began very quickly to torment him with her vanity, which was, if the truth be known, a little difficult to deal with.

One day, for instance, when she was speaking of her four thorns, she said to the little prince: "Let the tigers come with their claws!"

"There are no tigers on my planet," the little prince objected. "And, anyway, tigers do not eat weeds."

"I am not a weed," the flower replied, sweetly. "Please excuse me……" "I am not at all afraid of tigers," she went on, "but I have a horror of drafts. I suppose you wouldn't have a screen for me?"

"A horror of drafts, that is bad luck, for a plant," remarked the little prince, and added to himself, "This flower is a very complex creature……"

어휘

tend 돌보다 **torment** 괴롭히다 **vanity** 허영심 **thorn** 가시 **claw** 발톱 **object** 이의를 제기하다 **weed** 풀 **draft** 바람 **screen** 바람막이 **remark** 말하다

해석

장미의 다소 까다로운 허영심은 어린 왕자를 힘들게 했다. 예를 들어 어느 날은 어린 왕자에게 가시 네 개를 보이면서 말했다.

"호랑이들이 발톱을 세우고 오면 어떡해!"

"우리 별에는 호랑이가 없어. 호랑이는 풀을 먹지도 않고."

"난 풀이 아니야." 장미가 나직하게 반박했다.

"미안해." "호랑이 발톱은 무섭지 않지만 바람은 진짜 싫어. 바람막이 같은 거 없을까?"

'바람을 싫어하는 꽃이라. 운이 없는 식물이네. 이 꽃은 꽤나 까다롭구나.'

"At night I want you to put me under a glass globe. It is very cold where you live. In the place I came from⋯⋯."

But she interrupted herself at that point. She had come in the form of a seed. She could not have known anything of any other worlds.

Embarassed over having let herself be caught on the verge of such an untruth, she coughed two or three times, in order to put the little prince in the wrong.

"The screen?"

"I was just going to look for it when you spoke to me⋯⋯."

interrupt 중단하다 **embarrass** 당황하다 **on the verge of** ~하려다

해석

"저녁엔 유리덮개를 씌워줘. 너희 별은 너무 추워. 환경이 안 좋네. 내가 온 별은……."
그러다 장미는 말을 멈췄다. 자신은 작은 씨앗 형태로 이 별에 온 것이다. 다른 세계를 경험해본 적이 없었다. 장미는 뻔한 거짓말을 내뱉고 제풀에 놀라더니, 부끄러웠던지 두세 번 기침을 하며 어린 왕자에게 잘못을 떠넘겼다.
"바람막이는 어떻게 됐어?"
"찾으러 가려고 했어. 그런데 네가 말을 걸어서……."

Then she forced her cough a little more so that he should suffer from remorse just the same. So the little prince, in spite of all the good will that was inseparable from his love, had soon come to doubt her. He had taken seriously words which were without importance, and it made him very unhappy.

"I ought not to have listened to her," he confided to me one day.

어휘

remorse 후회, 가책 **inseparable** 우러나온 **ought to** ~해야 하다
confide (비밀을) 털어놓다

해석

장미는 어린 왕자를 후회하도록 만들려고 억지로 기침을 해댔다.
어린 왕자는 장미를 사랑하고 아끼면서도 곧 장미를 의심하기 시작했다. 그는 장미의 입에서 나온 별로 중요하지도 않은 단어를 심각하게 받아들였고 아주 불행해졌다.
"장미의 말을 듣지 않았더라면 좋았을걸."
어느 날 어린 왕자가 내게 털어놓았다.

"One never ought to listen to the flowers. One should simply look at them and breathe their fragrance. Mine perfumed all my planet. But I did not know how to take pleasure in all her grace. This tale of claws, which disturbed me so much, should only have filled my heart with tenderness and pity."

And he continued his confidences: "The fact is that I did not know how to understand anything! I ought to have judged by deeds and not by words. She cast her fragrance and her radiance over me. I ought never to have run away from her······. I ought to have guessed all the affection that lay behind her poor little strategems. Flowers are so inconsistent! But I was too young to know how to love her······."

어휘

fragrance 향기 **tenderness** 다정함 **pity** 동정심 **deed** 행동
radiance 광채 **affection** 애정 **stratagem** 꾀 **inconsistent** 모순된

해석

"꽃들의 말을 들어서는 절대 안 돼. 꽃은 그냥 바라보며 향기를 맡으면 돼. 장미는 내 별을 향기로 채워주었는데 난 그걸 즐기는 법을 알지 못했어. 발톱 이야기를 들을 땐 진짜 짜증이 났거든. 불쌍하게 생각할 수도 있었는데……."

어린 왕자는 연신 속내를 털어놓았다.

"나는 장미를 전혀 이해하지 못했어. 장미의 말이 아니라 행동으로 판단했어야 했는데. 장미는 내게 향기를 선물하고 내 삶을 눈부시게 밝혀주었는데. 그렇게 도망쳐 오는 게 아니었어! 딱한 거짓말 뒤에 숨겨진 장미의 마음을 알아차렸어야 했는데. 꽃들은 모순투성이야! 난 너무 어려서 장미를 사랑할 줄 몰랐던 거야."

9

I believe that for his escape he took advantage of the migration of a flock of wild birds. On the morning of his departure he put his planet in perfect order. He carefully cleaned out his active volcanoes. He possessed two active volcanoes; and they were very convenient for heating his breakfast in the morning. He also had one volcano that was extinct. But, as he said, "One never knows!" So he cleaned out the extinct volcano, too.

If they are well cleaned out, volcanoes burn slowly and steadily, without any eruptions. Volcanic eruptions are like fires in a chimney.

On our earth we are obviously much too small to clean out our volcanoes. That is why they bring no end of trouble upon us.

어휘

escape 빠져나오다 **take advantage of** ~을 이용하다 **migration** 이동
put in order 정돈하다 **active volcano** 활화산 **possess** 가지고 있다
extinct 활동을 멈춘 **steadily** 꾸준히 **eruption** 폭발 **chimney** 굴뚝

해석

어린 왕자는 자기 별을 떠나기 위해 이동하는 철새들을 이용했던 것 같다. 출발하는 날 아침, 그는 별을 말끔히 정돈했다. 우선 활화산을 정성껏 청소했다. 어린 왕자에게는 활화산이 두 개 있었는데 아침식사를 데우기에 제격이었다. 그는 휴화산도 가지고 있었다. 어린 왕자는 종종 이렇게 말했다. "어떻게 될지 모르잖아!" 어린 왕자는 휴화산도 똑같이 청소해주었다. 청소를 잘 해주면 화산은 천천히 규칙적으로 끓어오르긴 해도 폭발하지는 않았다. 화산 폭발은 굴뚝에서 불이 나는 원리와 비슷하다. 지구에 있는 우리는 너무 작아서 화산을 청소할 수가 없다. 그래서 화산이 자주 문제를 일으키는 것이다.

The little prince also pulled up, with a certain sense of dejection, the last little shoots of the baobabs. He believed that he would never want to return. But on this last morning all these familiar tasks seemed very precious to him. And when he watered the flower for the last time, and prepared to place her under the shelter of her glass globe, he realised that he was very close to tears.

"Goodbye," he said to the flower. But she made no answer.

"Goodbye," he said again.

The flower coughed. But it was not because she had a cold.

어휘

pull up 뽑다 **dejection** 낙담 **shoot** 새싹 **familiar** 익숙한 **precious** 소중한 **prepare** 준비하다 **shelter** 은신처 **realize** 깨닫다 **cough** 기침하다

해석

살짝 울적해진 어린 왕자는 막 올라온 바오바브나무들의 뿌리를 뽑아냈다. 그는 이 별에 다시는 돌아오지 못할 거라 생각하고 있었다. 익숙한 모든 일들이 그날 아침에는 이상하게도 마음을 건드렸다. 어린 왕자는 마지막으로 장미에게 물을 준 다음, 유리덮개를 씌우려고 하다가 울음이 터질 것만 같았다.

"잘 있어." 어린 왕자가 장미에게 말했다. 장미는 대답하지 않았다.

"잘 있어." 그가 다시 한번 인사했다. 장미는 기침을 했다. 감기에 걸려서는 아니었다.

"I have been silly," she said to him, at last. "I ask your forgiveness. Try to be happy……." He was surprised by this absence of reproaches. He stood there all bewildered, the glass globe held arrested in mid-air. He did not understand this quiet sweetness.

"Of course I love you," the flower said to him. "It is my fault that you have not known it all the while. That is of no importance. But you, you have been just as foolish as I. Try to be happy……. let the glass globe be. I don't want it any more."

"But the wind……." "My cold is not so bad as all that……. the cool night air will do me good. I am a flower."

"But the animals……." "Well, I must endure the presence of two or three caterpillars if I wish to become acquainted with the butterflies. It seems that they are very beautiful.

어휘

silly 어리석은 **forgiveness** 용서 **reproach** 비난 **bewilder** 당황하게 하다 **sweetness** 다정함 **endure** 견디다 **presence** 존재 **caterpillar** 애벌레 **acquainted** 알고있는

해석

이윽고 장미가 입을 열었다. "내가 바보였어. 미안해. 행복하렴."

어린 왕자는 장미가 자기를 비난할 거라고 생각했기 때문에 적잖이 놀랐다. 그는 유리 덮개를 들고 멍하니 있었다. 장미가 평온하고 부드러운 태도로 나오는 걸 이해할 수 없었다.

장미가 말했다. "그래! 난 널 사랑해. 넌 몰랐겠지. 내 잘못이야. 이제 중요하지 않아. 그런데 너도 나만큼이나 바보였어. 행복하렴……. 유리덮개는 그냥 둬. 필요하지 않으니까."

"하지만 바람이……." "난 그렇게 쉽게 감기에 걸리지 않아. 신선한 밤공기는 내게 좋을 거야. 꽃이니까."

"하지만 짐승들이……." "나비와 알고 지내려면 애벌레 두세 개는 견뎌야겠지. 나비는 정말이지 아름다운 것 같아.

And if not the butterflies and the caterpillars who will call upon me? You will be far away……. as for the large animals, I am not at all afraid of any of them. I have my claws."

And, naively, she showed her four thorns.

Then she added: "Don't linger like this. You have decided to go away. Now go!"

For she did not want him to see her crying. She was such a proud flower…….

어휘

call upon 찾다 **naively** 천진난만하게 **linger** 우물쭈물하다 **decide** 결심하다

해석

그러지 않으면 누가 날 찾아오겠어?
넌……너는 멀리 있는데. 큰 짐승은 무서울 것 없어. 나도 발톱이 있잖아."
장미는 자신의 가시 네 개를 보여주었다. 그러더니 말을 이었다.
"그렇게 우물쭈물하지 마. 더 힘들어. 떠나기로 결심했잖아. 이제 가봐."
장미는 어린 왕자에게 우는 모습을 보이길 원하지 않았다. 그 정도로 자존심이 센 장미였다.

10

He found himself in the neighborhood of the asteroids 325, 326, 327, 328, 329, and 330. He began, therefore, by visiting them, in order to add to his knowledge. The first of them was inhabited by a king. Clad in royal purple and ermine, he was seated upon a throne which was at the same time both simple and majestic.

"Ah! Here is a subject," exclaimed the king, when he saw the little prince coming. And the little prince asked himself: "How could he recognize me when he had never seen me before?"

어휘

find 알다 **asteroid** 소행성 **neighborhood** 이웃 **knowledge** 지식 **clad** ~을 입은 **royal purple** 자줏빛 **ermine** 담비모피 **throne** 왕좌 **majestic** 장엄한 **subject** 신하 **exclaim** 소리치다

해석

어린 왕자의 별은 소행성 325, 326, 327, 328, 329, 330과 같은 구역에 있었다. 그는 일도 찾고 경험도 넓히고 싶어서 우선 그곳들을 방문했다.
첫 번째 별에는 왕이 살고 있었다. 그는 주홍색 천과 흰색 담비가죽으로 만든 옷을 입고 단순하지만 위엄 있는 왕좌에 앉아 있었다.
"아! 내 백성이 왔구나!" 왕은 어린 왕자를 발견하자 소리쳤다.
어린 왕자는 속으로 생각했다. '
저 사람은 나를 본 적도 없는데 어떻게 알아본 거지?'

He did not know how the world is simplified for kings. To them, all men are subjects. "Approach, so that I may see you better," said the king, who felt consumingly proud of being at last a king over somebody.

The little prince looked everywhere to find a place to sit down; but the entire planet was crammed and obstructed by the king's magnificent ermine robe. So he remained standing upright, and, since he was tired, he yawned.

"It is contrary to etiquette to yawn in the presence of a king," the monarch said to him. "I forbid you to do so."

"I can't help it. I can't stop myself," replied the little prince, thoroughly embarrassed.

"I have come on a long journey, and I have had no sleep……."

어휘

approach 접근하다 **recognize** 알아보다 **consumingly** 엄청나게
be crammed by ~로 뒤덮여 있다 **obstructed** 차단된 **magnificent** 호화스러운
robe 예복 **upright** 똑바로 **be contrary to** ~에 어긋나다 **monarch** 왕
thoroughly 완전히

해석

왕들이 보는 세계는 아주 단순하다는 걸 어린 왕자는 몰랐다. 왕들은 누구를 보든 다 자기 신하나 백성이라고 생각한다.

"얼굴이 잘 보이도록 가까이 오너라." 왕은 마침내 누군가의 왕 노릇을 하게 되어 적잖이 자랑스러운 태도로 말했다. 어린 왕자는 두리번거리며 앉을 곳을 찾았지만, 행성 전체가 왕의 흰 담비가죽 망토로 뒤덮여 있었다. 어린 왕자는 서 있을 수밖에 없었고, 피로에 지쳐 하품을 했다.

"왕의 앞에서 하품을 하는 행위는 예법상 금지되어 있다. 하품을 금지하노라."

왕이 말했다. "하품을 멈출 수 없어요."

어린 왕자가 당황해서 말했다. "오래 여행을 하느라 잠을 못 잤거든요."

"Ah, then," the king said. "I order you to yawn. It is years since I have seen anyone yawning. Yawns, to me, are objects of curiosity. Come, now! Yawn again! It is an order."

"That frightens me……. I cannot, any more……." murmured the little prince, now completely abashed.

"Hum! Hum!" replied the king. "Then I……. I order you sometimes to yawn and sometimes to" He sputtered a little, and seemed vexed. For what the king fundamentally insisted upon was that his authority should be respected. He tolerated no disobedience. He was an absolute monarch. But, because he was a very good man, he made his orders reasonable.

"If I ordered a general," he would say, by way of example, "if I ordered a general to change himself into a sea bird, and if the general did not obey me, that would not be the fault of the general. It would be my fault."

어휘

curiosity 호기심 **frighten** 겁주다 **murmur** 중얼거리다 **abashed** 겸연쩍은
sputter 씩씩거리다 **vexed** 짜증내하는 **tolerate** 견디다 **disobedience** 불복종
absolute monarch 전제군주

해석 "그렇다면, 하품하는 걸 허하노라. 몇 년간 사람들이 하품하는 걸 본 적이 없다. 하품은 꽤 궁금한 것이지. 자, 다시 하품을 하라! 명령이다!" "그러면 주눅이 들어요. 하품을 못 해요." 어린 왕자는 얼굴이 빨개져서 말했다. "흠! 흠! 그렇다면, 어떤 때는 하품을 하되 어떤 때는……." 왕이 불분명하게 웅얼거렸는데 화가 난 것 같았다. 왕은 자기 권위를 존중받는 데 집착하는 면이 있었다. 그는 불복종을 참지 못했다. 그는 절대군주였다. 하지만 마음씨는 착했기 때문에 합리적인 명령을 내렸다. "만일 내가 명령을 내리면, 예를 들어 어느 장군에게 바닷새로 변신하라고 명령한다면, 장군이 내 말을 따르지 못한다 해도 그의 잘못이 아니지. 내 잘못인 것이다."

"May I sit down?" came now a timid inquiry from the little prince. "I order you to do so," the king answered him, and majestically gathered in a fold of his ermine mantle. But the little prince was wondering······. The planet was tiny. Over what could this king really rule?

"Sire," he said to him, "I beg that you will excuse my asking you a question"

"I order you to ask me a question," the king hastened to assure him. "Sire, over what do you rule?" "Over everything," said the king, with magnificent simplicity.

"Over everything?" The king made a gesture, which took in his planet, the other planets, and all the stars. "Over all that?" asked the little prince. "Over all that," the king answered. For his rule was not only absolute: it was also universal. "And the stars obey you?" "Certainly they do," the king said. "They obey instantly. I do not permit insubordination."

어휘

inquiry 질문 **majestically** 위엄 있게 **gather** 걷어 올리다 **mantle** 외투
wondering 의문이 생기는 **sire** 전하 **hasten** 서두르다 **assure** 확신시키다
absolute 절대적인 **universal** 우주의 **obey** 복종하다 **instantly** 즉시
permit 허락하다 **insubordination** 불복종

해석

"앉아도 될까요?" 어린 왕자가 소심하게 물었다. "앉기를 허하노라." 왕은 대답하고 나서 흰 담비가죽 망토 자락을 위엄 있게 몸 쪽으로 당겼다. 어린 왕자는 놀랄 수밖에 없었다. 별의 크기가 너무 작았던 것이다. 왕은 도대체 무엇을 다스리고 있는 걸까? "폐하, 질문을 드려도 괜찮을까요?" 어린 왕자가 물었다. "질문을 허하노라." 왕이 다급히 말했다. "폐하, 여기서 무엇을 다스리세요?" "전부." 왕이 아주 단순하게 대답했다. "전부요?" 왕은 조심스러운 몸짓으로 자기 별과 다른 별들, 그리고 항성들을 가리켰다. "저걸 다요?" 어린 왕자가 물었다. "전부 다……" 왕이 대답했다. 왕은 절대군주일 뿐 아니라 우주 전체를 다스리기 때문이라고 했다. "그럼 별들도 폐하에게 복종하나요?" "물론이다. 별들도 즉시 복종해. 나는 불복종을 허용하지 않거든."

Such power was a thing for the little prince to marvel at. If he had been master of such complete authority, he would have been able to watch the sunset, not forty-four times in one day, but seventy-two, or even a hundred, or even two hundred times, with out ever having to move his chair. And because he felt a bit sad as he remembered his little planet which he had forsaken, he plucked up his courage to ask the king a favor:

"I should like to see a sunset······. do me that kindness······. Order the sun to set······."

"If I ordered a general to fly from one flower to another like a butterfly, or to write a tragic drama, or to change himself into a sea bird, and if the general did not carry out the order that he had received, which one of us would be in the wrong?" the king demanded. "The general, or myself?"

"You," said the little prince firmly.

어휘

marvel 놀라다 **forsake** 저버리다 **pluck up** 용기를 내다 **general** 장군
tragic 비극의 **firmly** 단호하게

해석

그런 권력이 존재한다니! 어린 왕자는 깜짝 놀랐다. 만일 자신에게 그런 권력이 있다면 하루 동안 석양이 지는 걸 마흔네 번이 아니라 일흔두 번, 아니 어쩌면 백 번이나 이백 번도 볼 텐데. 의자의 방향을 바꾸지 않고도 말이다! 어린 왕자는 버려두고 온 작은 별이 떠올라서 조금 울적했기 때문에 용기를 내어 왕의 자비를 구했다. "저는 해가 지는 걸 보고 싶어요. 제게 기쁨을 허락해주세요. 지금 해가 지도록 명령해주세요." "내가 어느 장군에게 나비처럼 이 꽃에서 저 꽃으로 날아가라고 명령하거나, 문학가처럼 비극 작품을 쓰라고 명령하거나, 바닷새로 변하라고 명령한다고 해보자. 그가 그 명령을 받들지 못한다면 그와 나, 둘 중에서 누구의 잘못이 되겠는가?" 어린 왕자가 단호하게 말했다. "폐하의 잘못이지요."

"Exactly. One much require from each one the duty which each one can perform," the king went on. "Accepted authority rests first of all on reason. If you ordered your people to go and throw themselves into the sea, they would rise up in revolution. I have the right to require obedience because my orders are reasonable."

"Then my sunset?" the little prince reminded him: for he never forgot a question once he had asked it.

"You shall have your sunset. I shall command it. But, according to my science of government, I shall wait until conditions are favorable."

"When will that be?" inquired the little prince. "Hum! Hum!" replied the king; and before saying anything else he consulted a bulky almanac. "Hum! Hum! That will be about……. about……. that will be this evening about twenty minutes to eight. And you will see how well I am obeyed."

어휘

rest on ~에 의존하다 **revolution** 혁명 **obedience** 복종 **remind** 상기시키다
favorable 호의적인 **inquire** 질문하다 **consult** 뒤적이다 **almanac** 연감

해석

"네 말이 맞다. 각자 실행 가능한 명령을 내려야 한다. 권위는 우선 이성에 기반해야 한다. 내가 내 백성에게 바다에 뛰어들라고 명령한다면 혁명이 일어날 것이다. 내가 합리적인 명령을 내릴 때만 백성에게 복종하라고 할 권리가 있는 거지." "해가 지는 건요?" 일단 질문한 건 결코 잊어버리지 않는 어린 왕자가 되물었다. "너는 해가 지는 걸 보게 될 거다. 내가 명령할 테니까. 단, 내 운영 원칙에 따라 조건이 무르익을 때까지 기다려야 한다." "그게 언제인데요?" 어린 왕자가 캐물었다. "흠! 흠!" 왕은 커다란 달력을 뒤적거렸다. "그건 그러니까 대략…… 대략…… 오늘 저녁 7시 40분 정도가 되겠구나! 그때 내 명령이 얼마나 잘 이루어지는지 보게 될 거다."

The little prince yawned. He was regretting his lost sunset. And then, too, he was already beginning to be a little bored. “I have nothing more to do here,” he said to the king. “So I shall set out on my way again.” “Do not go,” said the king, who was very proud of having a subject. “Do not go. I will make you a Minister!” “Minister of what?” “Minster of……. of Justice!” “But there is nobody here to judge!” “We do not know that,” the king said to him. “I have not yet made a complete tour of my kingdom. I am very old. There is no room here for a carriage. And it tires me to walk.” “Oh, but I have looked already!” said the little prince, turning around to give one more glance to the other side of the planet.

On that side, as on this, there was nobody at all……. “Then you shall judge yourself,” the king answered. “that is the most difficult thing of all. It is much more difficult to judge oneself than to judge others.

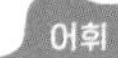

regret 아쉬워하다 **set out** 떠나다 **minister** 장관 **justice** 법무 **judge** 심판하다 **carriage** 마차 **turn around** 주위를 둘러보다 **glance** 힐끗 보다

해석

어린 왕자는 하품이 나왔다. 지금 당장 해가 지는 걸 보지 못하다니 아쉬웠다. 벌써 지루해졌다. "저는 이곳에서 더 할 일이 없는 것 같습니다. 떠나겠어요." 어린 왕자가 말했다. "떠나지 말라." 신하가 생겨서 무척 자랑스러움을 느끼고 있던 왕이 대답했다. "떠나지 말라. 너를 대신으로 임명하마!" "무슨 대신이요?" "음…… 법무대신!" "하지만 여긴 재판 받을 사람이 없어요!"
"그건 모르는 일이지. 난 내 영토를 아직 다 돌아보지 못했다. 나는 너무 나이가 들었고, 여긴 사륜마차를 둘 공간이 여의치 않아. 걸어다니면 너무 피곤하거든." 어린 왕자는 행성 반대편으로 몸을 돌려 봤다.
"아! 제가 이미 다 봤는데요. 저쪽에도 아무도 없어요." "그렇다면 너 자신을 재판하면 된다. 그게 가장 힘든 일이다만. 다른 사람을 판단하는 것보다 자기 자신을 판단하는 게 훨씬 어려운 일이지.

If you succeed in judging yourself rightly, then you are indeed a man of true wisdom."

"Yes," said the little prince, "but I can judge myself anywhere. I do not need to live on this planet. "Hum! Hum!" said the king. "I have good reason to believe that somewhere on my planet there is an old rat. I hear him at night. You can judge this old rat. From time to time you will condemn him to death. Thus his life will depend on your justice. But you will pardon him on each occasion; for he must be treated thriftily. He is the only one we have."

"I," replied the little prince, "do not like to condemn anyone to death. And now I think I will go on my way." "No," said the king. But the little prince, having now completed his preparations for departure, had no wish to grieve the old monarch.

어휘

indeed 참으로 **wisdom** 지혜 **rat** 쥐 **condemn** 형을 선고하다 **thriftily** 아껴서 **preparation** 대비 **grieve** 슬프게 하다

해석

네가 자신을 판단할 수 있다면 그야말로 진정한 현자가 되는 것이다." 어린 왕자가 대답했다. "저는 어디에 있든 스스로를 판단할 수 있어요. 꼭 여기 있을 필요가 없어요."

"흠! 흠! 내 별 어딘가에 늙은 들쥐가 살고 있는 것 같다. 밤에 쥐 우는 소리가 들려. 그 늙은 들쥐를 재판하라. 가끔 사형을 명해도 된다. 들쥐의 목숨은 네 재판에 달려 있다. 하지만 매번 특사를 내려 쥐를 아껴야 한다. 딱 한 마리밖에 없기 때문이다." 어린 왕자가 대답했다.

"저는 사형 집행을 좋아하지 않아요. 떠나는 게 좋겠어요."

"안 된다!" 어린 왕자는 떠날 채비를 마친 이상 왕을 더는 힘들게 하고 싶지 않았다

"If Your Majesty wishes to be promptly obeyed," he said, "he should be able to give me a reasonable order. He should be able, for example, to order me to be gone by the end of one minute. It seems to me that conditions are favorable……." As the king made no answer, the little prince hesitated a moment.

Then, with a sigh, he took his leave. "I made you my Ambassador," the king called out, hastily. He had a magnificent air of authority.

"The grown-ups are very strange," the little prince said to himself, as he continued on his journey.

어휘

obey 복종하다 **hesitate** 머뭇거리다 **sigh** 한숨 쉬다
ambassador 대사 **hastily** 황급히

해석

"폐하의 명령이 이행되길 원하신다면, 합당한 명령을 내려주셔야 해요.
예를 들어, 1분 내로 즉시 이곳을 떠나라고 명령하실 수 있어요. 상황이 무르익은 것처럼 보이면요."
왕은 아무 대꾸도 하지 않았다. 어린 왕자는 잠시 머뭇거리다가 한숨을 쉬며 출발했다.
"너를 대사로 임명하겠다!" 왕이 다급하게 소리쳤다. 엄중하고 권위 있는 표정이었다.
'어른들은 진짜 이상해.' 어린 왕자는 여행하는 동안 속으로 생각했다.

11

The second planet was inhabited by a conceited man.

"Ah! Ah! I am about to receive a visit from an admirer!" he exclaimed from afar, when he first saw the little prince coming. For, to conceited men, all other men are admirers.

"Good morning," said the little prince. "That is a queer hat you are wearing."

"It is a hat for salutes," the conceited man replied. "It is to raise in salute when people acclaim me. Unfortunately, nobody at all ever passes this way."

"Yes?" said the little prince, who did not understand what the conceited man was talking about.

"Clap your hands, one against the other," the conceited man now directed him. The little prince clapped his hands.

어휘

conceited 허영심 많은 **receive** 받다 **admirer** 찬양자 **exclaim** 외치다
queer 기이한 **salute** 경례 **acclaim** 환호를 보내다 **clap** 박수치다

해석

두 번째 별에는 허영꾼이 살고 있었다. "아! 아! 드디어 나를 찬양해줄 사람이 오는군!"
멀리서 어린 왕자를 발견하자마자 허영꾼이 소리쳤다. 허영꾼에게 다른 사람이란 자신을 찬양해주는 사람에 지나지 않았다. "안녕하세요? 이상한 모자를 쓰고 있네요."
"인사를 하기 위한 거란다. 내게 환호를 보내는 사람들에게 인사하기 위한 모자야. 불행히도 지금까지 이곳을 지나쳐간 사람이 없었지만." "그래요 ? " 어린 왕자는 그가 하는 말을 이해할 수 없었다.
"손을 마주쳐보렴." 허영꾼이 충고했다. 어린 왕자는 두 손을 마주해서 박수를 쳤다.

The conceited man raised his hat in a modest salute. "This is more entertaining than the visit to the king," the little prince said to himself. And he began again to clap his hands, one against the other. The conceited man against raised his hat in salute. After five minutes of this exercise the little prince grew tired of the game's monotony. "And what should one do to make the hat come down?" he asked.

But the conceited man did not hear him. Conceited people never hear anything but praise.

"Do you really admire me very much?" he demanded of the little prince. "What does that mean, 'admire'?"

어휘

entertaining 재미있는 **monotony** 단조로운 **praise** 칭찬 **admire** 찬양하다 **demand** 묻다

해석

허영꾼이 모자를 들어 올리더니 세련되게 인사했다. '왕이 있던 별보다 더 재미있어.'
어린 왕자는 다시 박수를 쳤다. 허영꾼이 모자를 들어 올려 다시 인사했다. 5분 정도 똑같은 일을 하고 나니 어린 왕자는 단조로운 놀이에 지쳐버렸다. "모자를 떨어뜨리게 하려면 어떻게 하죠?"
어린 왕자가 물었다. 하지만 허영꾼은 그 말을 듣지 않았다. 자신을 칭찬하는 말밖에 듣지 않는 사람이었다.
"넌 나를 진심으로 찬양하니?" "'찬양한다'는 게 무슨 뜻이에요?"

"To admire means that you regard me as the handsomest, the best-dressed, the richest, and the most intelligent man on this planet." "But you are the only man on your planet!" "Do me this kindness. Admire me just the same."

"I admire you," said the little prince, shrugging his shoulders slightly, "but what is there in that to interest you so much?"

And the little prince went away. "The grown-ups are certainly very odd," he said to himself, as he continued on his journey.

어휘

regard ~으로 여기다 **intelligent** 똑똑한 **shrug** 으쓱하다 **slightly** 약간
certainly 정말 **continue** 계속하다

해석

"'찬양한다'는 건, 내가 이 별에서 가장 잘생기고 옷도 가장 잘 입고 제일 부유하고 똑똑한 사람이라는 걸 인정한다는 의미야." "아저씨는 이 별에 혼자 살잖아요!" "기분 좀 맞춰줘. 그냥 찬양해다오!" 어린 왕자는 어깨를 으쓱했다. "아저씨를 찬양해요. 그런데 그게 왜 아저씨를 기쁘게 하는 건지 모르겠어요." 어린 왕자는 그곳을 떠났다. '어른들은 분명 이상한 구석이 있어.' 어린 왕자는 여행하는 내내 그 생각만 했다.

12

The next planet was inhabited by a tippler.

This was a very short visit, but it plunged the little prince into deep dejection. “What are you doing there?” he said to the tippler, whom he found settled down in silence before a collection of empty bottles and also a collection of full bottles.

“I am drinking,” replied the tippler, with a lugubrious air.

“Why are you drinking?” demanded the little prince.

“So that I may forget,” replied the tippler. “Forget what?” inquired the little prince, who already was sorry for him.

tippler 술꾼 **plunge** 빠지게하다 **deep** 깊은 **dejection** 낙담
settle down 편안히 앉다 **silence** 침묵 **collection** 무더기 **empty** 비어 있는
lugubrious 침울한 **inquire** 묻다 **sorry** 안타까운

해석

다음 별에는 술주정뱅이가 살고 있었다. 이번 방문은 매우 짧았으나, 어린 왕자는 무척 우울해졌다.

"여기서 뭐하고 있어요?" 어린 왕자는 빈 술병과 새 술병이 쌓인 상자 앞에 조용히 앉아 있는 술주정뱅이를 발견하고 물었다.

"술을 마시고 있다." 술주정뱅이가 침울한 표정으로 대답했다. "왜 술을 마셔요?" "잊으려고."

"뭘 잊어요?" 어린 왕자는 이미 마음으로 그를 동정하면서 물었다.

"Forget that I am ashamed," the tippler confessed, hanging his head.

"Ashamed of what?" insisted the little prince, who wanted to help him.

"Ashamed of drinking!" The tippler brought his speech to an end, and shut himself up in an impregnable silence.

And the little prince went away, puzzled. "The grown-ups are certainly very, very odd," he said to himself, as he continued on his journey.

어휘

confess 고백하다 **hang head** 머리를 숙이다 **insist** 끈질기게 말하다
impregnable 영원한 **puzzle** 난처하게 만들다

해석

"내가 부끄럽다는 사실." 술주정뱅이는 고개를 숙이며 고백했다.
"뭐가 부끄러운데요?" 어린 왕자는 간절히 그를 구해주고 싶다고 생각하며 자세히 물었다.
"술 마시는 게 부끄럽지!"
술주정뱅이는 단호한 침묵 속으로 들어가 나오지 않았다. 어린 왕자는 당황해서 그곳을 떠나야 했다.
'어른들은 진짜진짜 이상하구나!' 어린 왕자는 여행 내내 속으로 생각했다.

13

The fourth planet belonged to a businessman.

This man was so much occupied that he did not even raise his head at the little prince's arrival.

"Good morning," the little prince said to him. "Your cigarette has gone out."

"Three and two make five. Five and seven make twelve. Twelve and three make fifteen. Good morning. Fifteen and seven make twenty-two. Twenty-two and six make twenty-eight. I haven't time to light it again.

belong to (소유)~것이다 **businessman** 사업가 **occupied** 바쁜
raise one's head 고개를 들다 **arrival** 도착 **go out** (불이)꺼지다

해석

네 번째 별은 사업가의 별이었다. 이 남자는 너무 바빠서 어린 왕자가 도착했지만 고개도 들지 않았다.
"안녕하세요. 아저씨 담뱃불이 꺼졌어요."
"3 더하기 2는 5, 5 더하기 7은 12, 12 더하기 3은 15, 안녕, 15 더하기 7은 22, 22 더하기 6은 28, 담뱃불 붙일 시간도 없다,

Twenty-six and five make thirty-one. Phew! Then that makes five-hundred-and-one-million, six-hundred-twenty-two-thousand, seven-hundred-thirty-one."

"Five hundred million what?" asked the little prince. "Eh? Are you still there? Five-hundred-and-one million, I can't stop……. I have so much to do! I am concerned with matters of consequence. I don't amuse myself with balderdash. Two and five make seven……."

"Five-hundred-and-one million what?" repeated the little prince, who never in his life had let go of a question once he had asked it.

The businessman raised his head. "During the fifty-four years that I have inhabited this planet, I have been disturbed only three times. The first time was twenty-two years ago, when some giddy goose fell from goodness knows where.

어휘

concern 관련되다 **matter** 일 **consequence** 중요함 **amuse** 즐겁게 하다
balderdash 허튼 소리 **disturb** 방해하다 **giddy** 촐랑거리는
goodness knows where 난데없이

해석

26 더하기 5는 31, 휴우, 그럼 다해서 501,622,731개군."
"뭐가 5억 개예요?" "응? 아직 안 갔어? 5억 1백만 개의…… 생각이 안 나네…… 일이 너무 많단 말이다! 난 중대한 일을 하는 중이고, 허튼 소리나 하며 장난칠 생각이 없다! 2 더하기 5는 7……." "뭐가 5억 1백만 개 있어요?"
살면서 한번 질문한 건 결코 포기하지 않는 어린 왕자가 다시 물었다. 사업가가 고개를 들었다.
"내가 이 별에서 산 지 54년이 되었는데 그동안 누가 날 방해한 건 세 번밖에 없었지. 첫 번째는 22년 전, 어디서 떨어졌는지 모를 정체 모를 풍뎅이 한 마리.

He made the most frightful noise that resounded all over the place, and I made four mistakes in my addition. The second time, eleven years ago, I was disturbed by an attack of rheumatism. I don't get enough exercise. I have no time for loafing. The third time, well, this is it! I was saying, then, five -hundred-and-one millions"

"Millions of what?" The businessman suddenly realized that there was no hope of being left in peace until he answered this question.

"Millions of those little objects," he said, "which one sometimes sees in the sky." "Flies?" "Oh, no. Little glittering objects." "Bees?" "Oh, no. Little golden objects that set lazy men to idle dreaming. As for me, I am concerned with matters of consequence. There is no time for idle dreaming in my life."

어휘

frightful 요란한 **resound** (소리가)울리다 **attack** 발병하다 **rheumatism** 신경통
loaf 빈둥거리다 **realize** 깨닫다 **glittering** 반짝거리는 **idle** 허황된
be concern with ~와 관련되다

끔찍한 소음을 내며 날아다니는 통에 나는 덧셈을 네 번이나 틀렸다. 두 번째는 11년 전 류머티즘 발작 때문이었고. 운동 부족이었어. 산책할 시간이라고는 없었으니까. 나는 말이지, 중대한 일을 하는 사람이거든. 세 번째는, 바로 지금이다! 5억 1백만……."

"뭐가 수백만 개나 있어요?" 사업가는 조용한 분위기는 물 건너갔다는 걸 깨달았다.

"간혹 하늘에 보이는 작은 것들." "파리요?" "아니, 반짝이는 작은 것들 말이다."

"꿀벌요?" "아니! 금빛으로 빛나는 것들 있잖아, 게으름뱅이들은 보고 몽상에 젖는 것들. 하지만 난 중대한 일을 하는 사람이다! 꿈 같은 건 꿀 시간도 없어."

"Ah! You mean the stars?" "Yes, that's it. The stars." "And what do you do with five-hundred millions of stars?" "Five-hundred-and-one million, six-hundred-twenty-two thousand, seven-hundred-thirty-one. I am concerned with matters of consequence: I am accurate."

"And what do you do with these stars?" "What do I do with them?" "Yes." "Nothing. I own them." "You own the stars?" "Yes." "But I have already seen a king who……" "Kings do not own, they reign over. It is a very different matter."

"And what good does it do you to own the stars?" "It does me the good of making me rich."

"And what good does it do you to be rich?"

"It makes it possible for me to buy more stars, if any are ever discovered."

어휘

accurate 정확한 **own** 소유하다 **reign over** 지배하다 **possible** 있을 수 있는 **discover** 발견하다

해석

"아! 그럼 별인가요?" "맞다. 별들의 수야." "그럼 5억 개의 별을 갖고 뭘 해요?"
"501,622,731개다. 나는 중대한 일을 하는 사람이야. 나는 말이지, 정확한 사람이란다." "그래서 그 별로 뭘 하는데요?" "내가 뭘 하느냐고?" "네." "아무것도 안 해. 별을 소유하는 거지."
"별을 소유한다고요?" "그렇다." "하지만 제가 만났던 왕은……." "왕은 소유하는 사람이 아니야. '다스리는' 사람이지. 매우 다르단다."
"그럼 별들을 소유해서 뭐에 쓰나요?" "부자가 될 수 있어."
"부자가 되어서 뭘 하는데요?" "다른 별들을 사는 거지. 누군가 별을 발견할 때마다."

"This man," the little prince said to himself, "reasons a little like my poor tippler……." Nevertheless, he still had some more questions. "How is it possible for one to own the stars?" "To whom do they belong?" the businessman retorted, peevishly. "I don't know. To nobody." "Then they belong to me, because I was the first person to think of it." "Is that all that is necessary?" "Certainly. When you find a diamond that belongs to nobody, it is yours. When you discover an island that belongs to nobody, it is yours. When you get an idea before any one else, you take out a patent on it: it is yours. So with me: I own the stars, because nobody else before me ever thought of owning them."

"Yes, that is true," said the little prince. "And what do you do with them?"

어휘

reason 논리 **retort** 되묻다 **peevishly** 짜증내면서 **necessary** 필요한
take out 취득하다 **patent** 특허

'술주정뱅이 아저씨의 말과 비슷한 논리야.' 어린 왕자는 속으로 생각했다. 그러나 어린 왕자는 질문을 멈추지 않았다.

"별은 어떻게 소유해요?" "그 별이 누구 것이지?" 사업가는 불만 섞인 표정으로 응수했다.

"몰라요. 주인이 없겠죠." "그럼 그 별들은 내 거야. 내가 처음으로 그 생각을 했으니까."

"생각만 하면 되는 거예요?" "그럼. 네가 주인 없는 다이아몬드를 발견하면 그건 네 거란다. 주인 없는 섬을 발견해도 네 것이지. 네가 처음으로 어떤 아이디어를 떠올려서 특허를 내면 네 것이 된단다. 나보다 먼저 별을 소유하겠다는 생각을 한 사람이 없었으니까 별들은 내 소유야."

"맞는 말이에요. 그런데 그 별로 뭘 하나요?"

"I administer them," replied the businessman. "I count them and recount them. It is difficult. But I am a man who is naturally interested in matters of consequence."

The little prince was still not satisfied. "If I owned a silk scarf," he said, "I could put it around my neck and take it away with me. If I owned a flower, I could pluck that flower and take it away with me. But you cannot pluck the stars from heaven······."

"No. But I can put them in the bank." "Whatever does that mean?" "That means that I write the number of my stars on a little paper. And then I put this paper in a drawer and lock it with a key."

"And that is all?"

"That is enough," said the businessman.

"It is entertaining," thought the little prince. "It is rather poetic. But it is of no great consequence."

administer 관리하다 **naturally** 원래 **pluck** (꽃을) 꺾다 **drawer** 서랍
lock 잠그다 **rather** 약간 **poetic** 시적인

해석

"별을 관리하는 거지. 별을 세고 다시 세고. 어려운 작업이야. 하지만 나는 중요한 사람이니까!" 어린 왕자는 아직 만족스러운 대답을 듣지 못했다.

"나는요, 머플러가 있으면 목에 두르고 다녀요. 꽃이 생기면 꽃을 따서 가지고 다니고요. 그런데 아저씨는 별을 딸 수도 없잖아요!" "그렇지, 하지만 은행에 넣어둘 수는 있다." "무슨 말이에요?"

"내 별의 번호를 작은 종이에 적어둔다는 말이지. 그리고 서랍 속에 그 종이를 넣고 자물쇠를 채워 잠그는 거야." "그게 끝이에요?" "그거면 됐지!" '재미있네. 시 같기도 하고. 하지만 진지한 일은 아냐.'

On matters of consequence, the little prince had ideas which were very different from those of the grown-ups.

"I myself own a flower," he continued his conversation with the businessman, "which I water every day. I own three volcanoes, which I clean out every week (for I also clean out the one that is extinct; one never knows). It is of some use to my volcanoes, and it is of some use to my flower, that I own them. But you are of no use to the stars……."

The businessman opened his mouth, but he found nothing to say in answer. And the little prince went away. "The grown-ups are certainly altogether extraordinary," he said simply, talking to himself as he continued on his journey.

어휘

continue 이어가다 **conversation** 대화 **extinct** 활동을 멈춘 **of no use** 쓸모 없는
altogether 확실히 **extraordinary** 아주 이상한 **journey** 여행

해석

어린 왕자는 진지한 일에 대해 어른들과 생각이 아주 달랐다.

"나는 꽃이 한 송이 있는데 매일 물을 줘요. 화산도 세 개 있는데 매주 청소를 해주고요. 휴화산까지도요. 그러면 내 화산들에게 도움이 되거든요. 꽃에게도 도움이 되고. 하지만 아저씨는 별에게 아무 도움이 안 되잖아요."

사업가는 대꾸하려고 입을 벌렸으나 할 말을 찾지 못했다. 어린 왕자는 그 별을 떠났다.

'어른들은 진짜 말도 안 되게 이상한 사람들이야.' 어린 왕자는 여행 내내 그 생각만 했다.

14

The fifth planet was very strange. It was the smallest of all. There was just enough room on it for a street lamp and a lamplighter.

The little prince was not able to reach any explanation of the use of a street lamp and a lamplighter, somewhere in the heavens, on a planet which had no people, and not one house.

But he said to himself, nevertheless: "It may well be that this man is absurd.

strange 이상한 **reach** ~에 이르다 **explanation** 설명 **lamplighter** 가로등지기
nevertheless 그렇지만 **absurd** 우스꽝스러운

해석

다섯 번째 별은 무척이나 호기심을 불러일으키는 곳이었다. 지금까지 방문한 별 중에서 크기는 가장 작았다. 가로등 하나와 가로등 켜는 사람이 살 만한 공간이 다였다. 어린 왕자는 천체 어디쯤 위치한, 집도 없고 사람도 살지 않는 이런 별에 가로등과 가로등 켜는 사람이 왜 필요한지 알 수 없었다. 하지만 속으로 생각했다. '이 사람은 너무 엉뚱해.

But he is not so absurd as the king, the conceited man, the businessman, and the tippler. For at least his work has some meaning. When he lights his street lamp, it is as if he brought one more star to life, or one flower. When he puts out his lamp, he sends the flower, or the star, to sleep. That is a beautiful occupation. And since it is beautiful, it is truly useful."

When he arrived on the planet he respectfully saluted the lamplighter.

"Good morning. Why have you just put out your lamp?"

"Those are the orders," replied the lamplighter. "Good morning."

"What are the orders?"

"The orders are that I put out my lamp. Good evening." And he lighted his lamp again. "But why have you just lighted it again?"

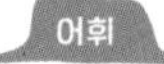

conceited man 허영심 많은 사람 **put out** (불을) 끄다 **occupation** 직업
respectfully 정중하게 **salute** 경례하다

해석 그래도 왕이나 허영꾼, 사업가, 술주정뱅이보다는 이상하지 않아. 이 사람이 하는 일은 적어도 의미가 있잖아. 그가 가로등을 켜면 별 하나, 꽃 한 송이가 태어나는 거니까. 그가 가로등을 끄면 꽃이나 별은 잠이 들고. 진짜 멋있는 직업이야. 멋있다는 건 정말 유익한 거야.'

어린 왕자는 별에 도착하자 가로등 켜는 사람에게 정중히 인사했다.

"안녕하세요? 방금 왜 가로등을 끈 건가요?" 가로등 켜는 사람이 말했다.

"명령이니까. 안녕." "명령이 뭐예요?" "내가 맡은 가로등을 끄는 거지. 잘 있어." 그는 다시 불을 켰다.

"왜 방금 불을 다시 켰어요?"

"Those are the orders," replied the lamplighter.

"I do not understand," said the little prince.

"There is nothing to understand," said the lamplighter. "Orders are orders. Good morning." And he put out his lamp.

Then he mopped his forehead with a handkerchief decorated with red squares.

"I follow a terrible profession. In the old days it was reasonable. I put the lamp out in the morning, and in the evening I lighted it again. I had the rest of the day for relaxation and the rest of the night for sleep."

"And the orders have been changed since that time?"

"The orders have not been changed," said the lamplighter. "That is the tragedy! From year to year the planet has turned more rapidly and the orders have not been changed!"

"Then what?" asked the little prince.

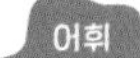

reply 대답하다 **mop** 닦다 **forehead** 이마 **handkerchief** 손수건
decorated 장식된 **square** 정사각형 **terrible** 힘겨운 **profession** 직업
relaxation 휴식 **tragedy** 비극 **rapidly** 빨리

그가 대답했다. "명령이야." "이해가 안 돼요." 가로등 켜는 사람이 말했다.
"이해할 것도 없어. 명령은 그냥 명령이니까. 안녕."

그가 다시 가로등을 껐다. 그러고 나서 붉은 체크무늬 손수건으로 이마를 닦았다.

"나는 지독하게 힘든 일을 하고 있단다. 옛날에는 합리적인 일이었지. 아침에 불을 끄고 저녁이 되면 불을 켰거든. 낮에 일이 없을 때 쉬었고, 밤에는 잘 수 있었어."

"그런데 최근에 명령이 바뀌었나요?" 가로등 켜는 사람이 말했다.

"명령은 그대로야. 그게 비극이지! 해마다 별이 점점 빠른 속도로 돌고 있는데 명령은 그대로라니!"

"그래서요?"

"Then the planet now makes a complete turn every minute, and I no longer have a single second for repose. Once every minute I have to light my lamp and put it out!"

"That is very funny! A day lasts only one minute, here where you live!"

"It is not funny at all!" said the lamplighter. "While we have been talking together a month has gone by."

"A month?"

"Yes, a month. Thirty minutes. Thirty days. Good evening." And he lighted his lamp again. As the little prince watched him, he felt that he loved this lamplighter who was so faithful to his orders. He remembered the sunsets which he himself had gone to seek, in other days, merely by pulling up his chair; and he wanted to help his friend.

"You know," he said, "I can tell you a way you can rest whenever you want to……."

어휘

repose 휴식 **go by** 지나치다 **faithful** 충실한 **remember** 기억하다
seek 찾다 **merely** 단지 **pull up** 당기다

해석

"별이 1분에 한 번씩 돌고 있어서 쉴 틈이 없어. 1분에 한 번씩 가로등을 켰다가 끄거든."
"이상하네요! 아저씨네 별에선 낮이 1분이라니." 가로등 켜는 사람이 말했다.
"이상할 것도 없어. 방금 우리가 말하는 사이 한 달이 흘렀단다."
"한 달이라고요?" "그래. 30분이 흘렀으니까, 그건 30일에 해당해. 잘 있어." 그는 가로등을 다시 켰다.
어린 왕자는 그를 쳐다보았다. 명령을 성실하게 지키려고 하는 그가 마음에 들었다. 어린 왕자는 고향별에서 지는 해를 보려고 의자 방향을 돌리던 걸 떠올렸다. 그는 친구를 돕고 싶었다.
"음, 아저씨가 원한다면 쉴 수 있는 방법이 있어요."

"I always want to rest," said the lamplighter. For it is possible for a man to be faithful and lazy at the same time.

The little prince went on with his explanation: "Your planet is so small that three strides will take you all the way around it. To be always in the sunshine, you need only walk along rather slowly. When you want to rest, you will walk and the day will last as long as you like."

"That doesn't do me much good," said the lamplighter. "The one thing I love in life is to sleep."

"Then you're unlucky," said the little prince.

"I am unlucky," said the lamplighter. "Good morning." And he put out his lamp.

어휘

stride 큰 걸음 **sunshine** 햇빛 **rather** 조금 더

해석

가로등 켜는 사람이 대답했다.
"언제나 원하고 있지."
사람은 명령을 성실히 따르면서도 동시에 여유를 부릴 수 있다. 어린 왕자가 말을 이었다.
"아저씨네 행성은 작아서 세 걸음만 걸으면 다 돌아볼 수 있잖아요. 천천히 걷기만 하면 늘 태양이 떠 있는 쪽에 있을 수 있어요. 쉬고 싶을 때 걸어가면 되는 거예요. 그러면 아저씨가 원하는 만큼 해가 떨어지지 않을 거예요." 가로등 켜는 사람이 말했다.
"그건 별 도움이 안 되는구나. 내 인생에서 원하는 건 잠을 자는 거야."
"할 수 없네요." "할 수 없지. 안녕." 그가 가로등을 껐다.

"That man," said the little prince to himself, as he continued farther on his journey, "that man would be scorned by all the others: by the king, by the conceited man, by the tippler, by the businessman. Nevertheless he is the only one of them all who does not seem to me ridiculous. Perhaps that is because he is thinking of something else besides himself."

He breathed a sigh of regret, and said to himself, again: "That man is the only one of them all whom I could have made my friend. But his planet is indeed too small. There is no room on it for two people······." What the little prince did not dare confess was that he was sorry most of all to leave this planet, because it was blest every day with 1440 sunsets!

어휘

scorn 멸시하다 **tippler** 술꾼 **nevertheless** 그럼에도 불구하고 **ridiculous** 우스운 **something else** 다른 것 **sigh** 한숨 쉬다 **dare** 감히 **confess** 고백하다 **bless** 축복을 빌다

해석

어린 왕자는 더 먼 곳으로 떠나며 생각했다.

'저 사람은 다른 사람들, 왕이나 허영꾼, 술주정뱅이, 사업가 모두의 비웃음을 사겠구나. 그래도 내가 보기엔 유일하게 우스꽝스럽지 않은 사람이야. 자기 자신이 아니라 다른 일에 몰두해 있어서 그런 것 같아.' 어린 왕자는 아쉬운 마음에 한숨을 쉬고서 계속 생각했다.

'유일하게 내 친구가 될 수 있는 사람인데. 하지만 그의 별은 진짜 너무 작아. 두 사람이 있을 공간이 없어.' 어린 왕자가 그에게 차마 하지 못한 말은, 24시간 동안 지는 해를 1,440번이나 볼 수 있는 '축복' 때문에 그 별이 더 그리울 거라는 것이었다.

15

The sixth planet was ten times larger than the last one. It was inhabited by an old gentleman who wrote voluminous books.

"Oh, look! Here is an explorer!" he exclaimed to himself when he saw the little prince coming. The little prince sat down on the table and panted a little. He had already traveled so much and so far!

"Where do you come from?" the old gentleman said to him.

"What is that big book?" said the little prince. "What are you doing?"

gentleman 신사 **voluminous** 방대한 **explorer** 탐험가 **exclaim** 소리치다
pant 헐떡이다

해석

여섯 번째 별은 이전 별보다 열 배는 더 컸다. 그곳에는 엄청난 양의 책들을 쓴 노인이 살고 있었다.

"오오! 탐험가가 도착했군!" 그가 어린 왕자를 발견하고 소리쳤다.

어린 왕자는 탁자 위에 앉아 잠시 숨을 돌렸다. 너무 오래 쉬지 않고 여행한 탓이다!

노인이 어린 왕자에게 물었다.

"너는 어디서 왔는가?"

"이 두꺼운 책은 뭐예요? 할아버지는 여기서 뭘 하고 있어요?"

"I am a geographer," the old gentleman said to him.

"What is a geographer?" asked the little prince. "A geographer is a scholar who knows the location of all the seas, rivers, towns, mountains, and deserts."

"That is very interesting," said the little prince. "Here at last is a man who has a real profession!" And he cast a look around him at the planet of the geographer.

It was the most magnificent and stately planet that he had ever seen.

"Your planet is very beautiful," he said. "Has it any oceans?"

"I couldn't tell you," said the geographer.

"Ah!" The little prince was disappointed. "Has it any mountains?"

"I couldn't tell you," said the geographer.

"And towns, and rivers, and deserts?"

geographer 지리학자 **scholar** 학자 **location** 위치 **profession** 직업
magnificent 멋진 **stately** 당당한 **disappoint** 실망시키다

해석

"나는 지리학자란다." "지리학자가 뭔데요?"

"지리학자는 바다와 강이 어디 있는지, 도시와 산과 사막이 어디 있는지 연구하는 학자란다." "재밌겠어요! 드디어 진짜 직업을 만났어요!"

어린 왕자는 지리학자의 별을 흘깃 둘러보았다. 이 정도로 큰 별은 한 번도 본 적이 없었다.

"할아버지 별은 정말 아름다워요. 넓은 바다도 있어요?"

"그건 알 수 없다." "아…… 산은요?"

"그건 알 수 없다." "도시와 강과 사막은요?"

"I couldn't tell you that, either."

"But you are a geographer!"

"Exactly," the geographer said. "But I am not an explorer. I haven't a single explorer on my planet. It is not the geographer who goes out to count the towns, the rivers, the mountains, the seas, the oceans, and the deserts. The geographer is much too important to go loafing about. He does not leave his desk. But he receives the explorers in his study. He asks them questions, and he notes down what they recall of their travels. And if the recollections of any one among them seem interesting to him, the geographer orders an inquiry into that explorer's moral character."

"Why is that?"

"Because an explorer who told lies would bring disaster on the books of the geographer. So would an explorer who drank too much."

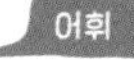

either 역시 **exactly** 정확히 **loaf** 빈둥거리다 **recall** 회상하다 **recollection** 회상
inquiry 질문 **moral character** 도덕성 **disaster** 재난

해석

"그것도 모른단다." 어린 왕자는 실망했다. "할아버지는 지리학자라고 했잖아요!" "맞아. 하지만 탐험가는 아니지. 탐험가가 필요한데 한 명도 없구나. 도시와 강과 산과 바다, 대양과 사막의 수를 세러 다니는 건 지리학자의 일이 아니란다. 지리학자는 중요한 일을 하느라 돌아다닐 시간이 없거든. 한시도 책상을 떠날 수가 없어. 대신 우리는 탐험가들의 방문을 받는단다. 탐험가들에게 질문을 던지고 그들이 기억하는 걸 기록하는 거야. 어느 탐험가의 기억이 흥미로워 보이면 우리는 그가 양심적인 사람인지 조사한단다." 어린 왕자가 물었다. "왜 그러는 거예요?" "탐험가의 거짓말은 지리학자의 책을 엉망으로 만들거든. 탐험가가 술꾼이 아닌지도 조사하지."

"Why is that?" asked the little prince.

"Because intoxicated men see double. Then the geographer would note down two mountains in a place where there was only one."

"I know some one," said the little prince, "who would make a bad explorer."

"That is possible. Then, when the moral character of the explorer is shown to be good, an inquiry is ordered into his discovery."

"One goes to see it?"

"No. That would be too complicated. But one requires the explorer to furnish proofs. For example, if the discovery in question is that of a large mountain, one requires that large stones be brought back from it."

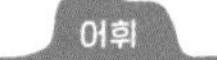

intoxicated 술에 취한 **discovery** 발견 **complicate** 복잡한 **furnish** 제공하다

해석

"왜요?" "술에 취하면 사물이 두 개로 보이니까. 원래는 산이 하나밖에 없는데 지리학자가 두 개라고 기록하는 경우가 생기는 거야." "내가 아는 사람이 있는데요. 좋은 탐험가는 못 될 것 같아요."
"그럴 수 있지. 탐험가가 양심적인 사람으로 판명되면 이제 그가 발견한 것들을 조사한단다."
"직접 가서요?"
"아니야. 그건 너무 힘들지. 대신 탐험가에게 발견한 것을 입증할 만한 증거를 가져오라고 요구해. 예를 들어, 어마어마하게 큰 산을 발견했다고 하면 산에 있던 큰 돌을 가져오라고 하는 거야."

The geographer was suddenly stirred to excitement. "But you come from far away! You are an explorer! You shall describe your planet to me!" And, having opened his big register, the geographer sharpened his pencil. The recitals of explorers are put down first in pencil. One waits until the explorer has furnished proofs, before putting them down in ink. "Well?" said the geographer expectantly.

"Oh, where I live," said the little prince, "it is not very interesting. It is all so small. I have three volcanoes. Two volcanoes are active and the other is extinct. But one never knows."

"One never knows," said the geographer.

"I have also a flower."

"We do not record flowers," said the geographer.

"Why is that? The flower is the most beautiful thing on my planet!"

어휘

stir 움직이다 **excitement** 흥분 **far away** 멀리 **describe** 설명하다 **register** 장부 **sharpen** (연필을) 깎다 **recital** 이야기 **furnish** 제시하다 **expectantly** 기대감에 찬 **extinct** 활동하지 않는

해석

지리학자는 문득 뭔가를 깨닫고 흥분해서 말했다.

"너야말로 멀리서 왔겠구나! 너도 탐험가야! 너희 별 이야기를 해다오!"

지리학자는 장부를 펼친 다음 연필을 깎았다. 그는 일단 탐험가들의 이야기들을 연필로 적고, 기다렸다가 탐험가가 증거를 가져오면 잉크로 기록했다. "말해보겠니?" 어린 왕자는 자신의 별을 떠올렸다.

"아! 우리 별은요, 아주 특별하지는 않고, 굉장히 작아요. 화산이 세 개 있어요. 두 개는 활화산, 한 개는 휴화산이에요. 그런데 휴화산도 언제 어찌될지 몰라요."

"어찌될지 모르지." "꽃도 한 송이 있어요." "꽃은 기록하지 않는다." "왜요! 얼마나 예쁜데요!"

"We do not record them," said the geographer, "because they are ephemeral."

"What does that mean 'ephemeral'?"

"Geographies," said the geographer, "are the books which, of all books, are most concerned with matters of consequence. They never become old-fashioned. It is very rarely that a mountain changes its position. It is very rarely that an ocean empties itself of its waters. We write of eternal things."

"But extinct volcanoes may come to life again," the little prince interrupted.

"What does that mean 'ephemeral'?"

"Whether volcanoes are extinct or alive, it comes to the same thing for us," said the geographer. "The thing that matters to us is the mountain. It does not change."

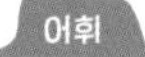

ephemeral 일시적인 **old-fashioned** 유행에 뒤떨어진 **rarely** 거의 없는
eternal 영속적인 **interrupt** 가로막다 **alive** 살아있는

"꽃은 기록하지 않는다." "왜요! 얼마나 예쁜데요!" "꽃은 덧없기 때문이지."
"'덧없다'는 게 무슨 뜻이에요?"

"지리학 책은 모든 책 가운데에서도 가장 중요한 사실을 기록한단다. 결코 유행에 뒤떨어지지 않지. 가령 산이 이동하는 일은 거의 일어나지 않아. 대양의 물이 말라버리는 일도 그렇지. 우리는 그렇게 영원한 사실만 기록한단다." 어린 왕자가 끼어들었다.

"하지만 휴화산이 다시 활동을 시작할 수도 있어요! '덧없다'는 게 무슨 뜻인지 말해줘요."

지리학자가 말했다. "휴화산이든 활화산이든 우리에겐 마찬가지다. 우리가 중요하게 생각하는 건 산이야. 산은 변하지 않으니까."

"But what does that mean 'ephemeral'?" repeated the little prince, who never in his life had let go of a question, once he had asked it.

"It means, 'which is in danger of speedy disappearance.'"

"Is my flower in danger of speedy disappearance?"

"Certainly it is."

"My flower is ephemeral," the little prince said to himself, "and she has only four thorns to defend herself against the world. And I have left her on my planet, all alone!"

That was his first moment of regret. But he took courage once more. "What place would you advise me to visit now?" he asked. "The planet Earth," replied the geographer. "It has a good reputation." And the little prince went away, thinking of his flower.

어휘

speedy 빠른 **disappearance** 소멸 **thorn** 가시 **regret** 후회 **courage** 용기 **advise** 조언하다 **reputation** 명성

해석

"'덧없다'는 게 무슨 뜻이에요?"

살면서 한번 질문한 건 결코 포기하는 법이 없는 어린 왕자가 다시 물었다.

"'곧 사라져버릴 위험이 있다'는 뜻이란다." "내 꽃이 곧 사라져버릴지도 모른다고요?" "물론이다."

'내 꽃은 덧없는 존재구나. 이 세상으로부터 자신을 지키기 위해 가진 거라곤 가시 네 개가 전부야! 그런데 나는 그런 꽃을 혼자 두고 별을 떠나왔구나!'

여행을 떠나온 후 어린 왕자는 처음으로 후회했다. 하지만 다시 용기를 냈다.

"다음엔 어느 별에 가볼까요?"

"지구라는 별에 가보렴. 아주 좋은 곳이라고 하더구나." 어린 왕자는 꽃을 마음에 품고서 길을 떠났다.

16

So then the seventh planet was the Earth.

The Earth is not just an ordinary planet!

One can count, there 111 kings (not forgetting, to be sure, the Negro kings among them), 7,000 geographers, 900,000 businessmen, 7,500,000 tipplers, 311,000,000 conceited men, that is to say, about 2,000,000,000 grown-ups.

To give you an idea of the size of the Earth, I will tell you that before the invention of electricity it was necessary to maintain, over the whole of the six continents, a veritable army of 462,511 lamplighters for the street lamps.

어휘

ordinary 평범한 **negro** 흑인 **invention** 발명 **electricity** 전기 **necessary** 필요한 **continent** 대륙 **veritable** 진짜의 **street lamps** 가로등

해석

그리하여 일곱 번째 방문한 별은 지구였다. 지구는 평범한 별이 아니다! 지구에는 왕이 111명(물론 흑인 왕까지 포함해서), 지리학자가 7천 명, 사업가가 90만 명, 술주정뱅이가 750만 명, 허영꾼이 3억 하고도 1천 1백만 명, 다시 말해 어른들이 20억 명 가까이 있다.
지구의 크기를 가늠하려면 이 사실을 말해주는 게 좋을 것이다. 전기가 발명되기 전에 지구는 여섯 대륙 전체에 가로등 켜는 사람만 462,511명, 그야말로 군대가 필요했다.

Seen from a slight distance, that would make a splendid spectacle.

The movements of this army would be regulated like those of the ballet in the opera. First would come the turn of the lamplighters of New Zealand and Australia. Having set their lamps alight, these would go off to sleep. Next, the lamplighters of China and Siberia would enter for their steps in the dance, and then they too would be waved back into the wings. After that would come the turn of the lamplighters of Russia and the Indies; then those of Africa and Europe, then those of South America; then those of North America. And never would they make a mistake in the order of their entry upon the stage. It would be magnificent.

Only the man who was in charge of the single lamp at the North Pole, and his colleague who was responsible for the single lamp at the South Pole, only these two would live free from toil and care: they would be busy twice a year.

어휘

slight distance 조금 떨어진 **splendid** 빛나는 **spectacle** 장관
regulate 질서정연하게 하다 **go off** 자리를 뜨다 **make a mistake** 실수하다
colleague 동료 **toil** 고생

해석

조금 떨어져서 지구를 보면 진정한 장관을 목도하게 된다. 군대의 움직임이 마치 오페라의 발레단 같다. 먼저 뉴질랜드와 호주의 가로등 켜는 사람들이 나와 불을 붙이고 자러 들어간다. 다음에는 중국과 시베리아 가로등 켜는 사람들의 군무가 펼쳐진다. 그들도 무대 뒤로 사라지면, 이제 러시아와 인도의 가로등 켜는 사람들이 등장한다. 아프리카와 유럽이 그 뒤를 잇는다. 그러고 나면 남아메리카, 그다음은 북아메리카의 가로등 켜는 사람들이 나온다. 무대에 등장하는 순서가 조금도 틀리는 법이 없다. 웅장한 장면이다. 유일하게 북극에 단 하나인 가로등 켜는 사람과 남극에 단 하나인 그의 동료만이 한가하고 게으른 나날을 보낸다. 그들은 일 년에 딱 두 차례만 일하기 때문이다.

17

When one wishes to play the wit, he sometimes wanders a little from the truth.

I have not been altogether honest in what I have told you about the lamplighters. And I realize that I run the risk of giving a false idea of our planet to those who do not know it.

Men occupy a very small place upon the Earth. If the two billion inhabitants who people its surface were all to stand upright and somewhat crowded together, as they do for some big public assembly, they could easily be put into one public square twenty miles long and twenty miles wide. All humanity could be piled up on a small Pacific islet.

The grown-ups, to be sure, will not believe you when you tell them that.

어휘

wit 재치 **wander** 벗어나다 **altogether** 전부 **run the risk of** 위험을 무릅쓰다
surface 표면 **public assembly** 군중 집회 **islet** 작은 섬

해석

재치 있는 말을 하려다 보면 이따금 사실이 아닌 말이 튀어나온다. 가로등 켜는 사람 이야기 중 내가 솔직하지 못한 대목이 있었다. 지구를 잘 모르는 사람들이라면 지구에 대해 그릇된 개념을 갖게 했을지도 모른다. 지구상에서 인간이 거주하는 공간은 일부에 불과하다. 지구에 사는 20억 인구를 다닥다닥 붙여서 다 세우면 가로 세로 2만 마일의 광장에 손쉽게 모을 수 있다. 태평양의 아주 작은 섬 하나에 인류 전체를 다 집결시킬 수도 있다.

어른들은 물론 당신 말을 믿지 않을 것이다.

They imagine that they fill a great deal of space. They fancy themselves as important as the baobabs. You should advise them, then, to make their own calculations. They adore figures, and that will please them. But do not waste your time on this extra task. It is unnecessary. You have, I know, confidence in me.

When the little prince arrived on the Earth, he was very much surprised not to see any people. He was beginning to be afraid he had come to the wrong planet, when a coil of gold, the color of the moonlight, flashed across the sand.

"Good evening," said the little prince courteously.

"Good evening," said the snake.

"What planet is this on which I have come down?" asked the little prince.

"This is the Earth; this is Africa," the snake answered.

"Ah! Then there are no people on the Earth?"

어휘

fancy oneself as ~라고 자부하다 **calculation** 계산 **adore** 좋아하다
be afraid ~을 두려워하다 **coil** 고리 **moonlight** 달빛 **flash** 빛나다
courteously 공손하게

해석

자신들이 훨씬 넓은 공간을 차지하고 있다고 믿기 때문이다. 그들은 바오바브나무처럼 자기 자신을 대단하게 여긴다. 그들에게 직접 다 더해서 계산해보라고 슬쩍 권해보라. 숫자에 열광하는 사람들이니 분명 좋아할 것이다. 단, 당신의 시간은 그런 지루한 일에 허비하지 마라. 쓸데없는 일이다. 나를 믿어도 좋다. 그래서 어린 왕자는 지구에 도착했는데 사람들이 안 보여서 놀랐다. 혹시 지구가 아닌 다른 별에 떨어진 건 아닌지 걱정하고 있는데, 그때 달빛을 띤 고리가 모래를 휘저으며 나타났다.

"안녕." 어린 왕자는 혹시 몰라 인사를 했다. "안녕." 뱀이 대답했다. "지금 내가 떨어진 곳이 어느 별이니?" "지구야, 아프리카." "아! 지구에는 사람이 없니?"

"This is the desert. There are no people in the desert. The Earth is large," said the snake.

The little prince sat down on a stone, and raised his eyes toward the sky.

"I wonder," he said, "whether the stars are set alight in heaven so that one day each one of us may find his own again…….

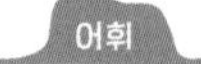

wonder 궁금해 하다 **whether** ~인지 아닌지 **set alight** 빛나다

해석

"여긴 사막이야. 사막엔 사람이 없어. 지구는 무척 크단다."
어린 왕자는 바위에 앉아 하늘로 눈을 돌렸다.
"별들이 저렇게 밝게 빛나는 건, 우리들이 언젠가 자신을 다시 찾아왔으면 해서일까?

Look at my planet. It is right there above us. But how far away it is!"

"It is beautiful," the snake said. "What has brought you here?"

"I have been having some trouble with a flower," said the little prince. "Ah!" said the snake. And they were both silent.

"Where are the men?" the little prince at last took up the conversation again. "It is a little lonely in the desert……."

"It is also lonely among men," the snake said. The little prince gazed at him for a long time.

"You are a funny animal," he said at last. "You are no thicker than a finger……."

"But I am more powerful than the finger of a king," said the snake.

The little prince smiled. "You are not very powerful. You haven't even any feet. You cannot even travel……."

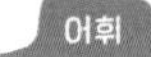

lonely 외로운 **gaze at** 빤히 바라보다 **twine** 휘감다 **ankle** 발목

해석

"네 별은 아름답구나. 여긴 무슨 일로 왔니?" "꽃이랑 문제가 생겼거든." "아!" 둘은 아무 말도 하지 않았다. 어린 왕자가 말을 이었다. "사람들은 어디 있어? 사막은 좀 외로워……." 뱀이 말했다. "사람들 사이에서도 외로워." 어린 왕자는 한참동안 뱀을 쳐다보았다.
"넌 좀 이상한 동물이구나. 손가락처럼 가느다랗고." 뱀이 말했다.
"그래도 왕의 손가락보다 더 힘이 셀걸." 어린 왕자는 미소를 지었다.
"힘이 세지 않을 것 같은데. 발도 없잖아. 먼 곳을 여행할 수도 없고……."

"I can carry you farther than any ship could take you," said the snake. He twined himself around the little prince's ankle, like a golden bracelet.

"Whomever I touch, I send back to the earth from whence he came," the snake spoke again. "But you are innocent and true, and you come from a star……."

The little prince made no reply. "You move me to pity, you are so weak on this Earth made of granite," the snake said. "I can help you, some day, if you grow too homesick for your own planet. I can……."

"Oh! I understand you very well," said the little prince. "But why do you always speak in riddles?"

"I solve them all," said the snake. And they were both silent.

어휘

bracelet 팔찌 **whence** (~한) 곳에서 **innocent** 순진한 **pity** 연민
granite 화강암 **homesick** 그리워하는 **riddle** 수수께끼

"나는 너를 배보다 훨씬 멀리 데려갈 수 있어."

뱀이 제 몸으로 어린 왕자의 발목을 둥글게 감았다. 금빛 팔찌 같았다.

"내 몸에 닿은 사람은 자기가 처음 나온 땅으로 돌아가게 돼." 뱀이 이어서 말했다. "하지만 넌 순수한 아이고, 별에서 이제 막 도착했으니까……." 어린 왕자는 아무 대답도 하지 않았다.

"이 커다란 지구에서 너처럼 연약한 존재를 보니 가엾구나. 내가 도와줄 수도 있어. 네가 고향별을 애타게 그리워하는 날이 온다면 말이지. 내가 할 수 있……."

"오! 네 말뜻을 알아들었어." 어린 왕자가 끼어들었다. "그런데 넌 왜 항상 수수께끼 같은 말을 해?"

뱀이 말했다. "나는 수수께끼를 해결하는 존재니까." 둘은 아무 말도 하지 않았다.

18

The little prince crossed the desert and met with only one flower.

It was a flower with three petals, a flower of no account at all.

"Good morning," said the little prince.

"Good morning," said the flower.

"Where are the men?" the little prince asked, politely. The flower had once seen a caravan passing.

"Men?" she echoed. "I think there are six or seven of them in existence. I saw them, several years ago. But one never knows where to find them.

어휘

cross 건너다 **desert** 사막 **petal** 꽃잎 **no account** 시시한 **politely** 정중하게 **caravan** (사막의) 상인 무리 **pass** 지나가다 **existence** 존재 **several** 몇의

해석

어린 왕자는 사막을 건너 다다른 곳에서 한 송이 꽃을 만났다. 꽃잎 세 장밖에 가진 게 없는 전혀 특별하지 않은 꽃이었다. "안녕." 어린 왕자가 인사했다. "안녕." 꽃이 답했다.
"사람들은 어디 있니?" 어린 왕자가 정중하게 물었다. 꽃은 언젠가 카라반 무리가 지나가는 걸 본 적이 있었다. "사람들? 예닐곱 명쯤 있을 거야. 몇 년 전에 봤거든. 지금은 어디 있는지 몰라.

The wind blows them away. They have no roots, and that makes their life very difficult."

"Goodbye," said the little prince.

"Goodbye," said the flower.

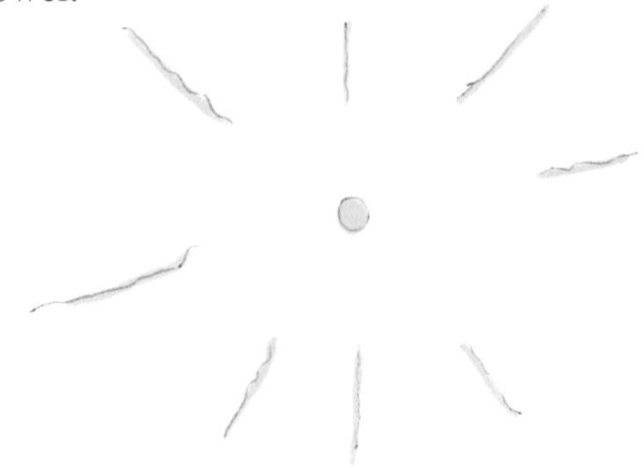

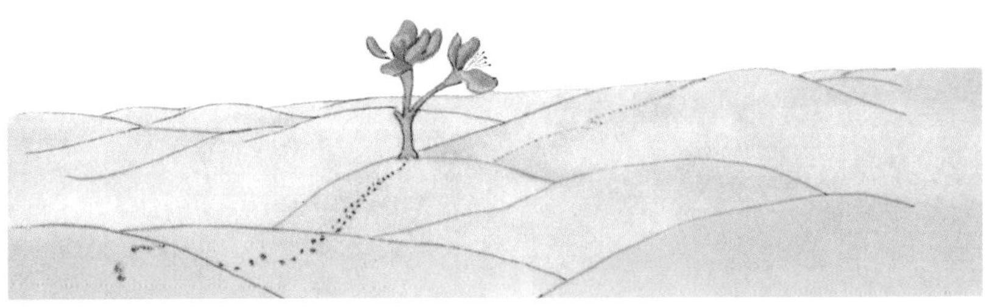

어휘

blow away 날려 보내다 **root** 뿌리

해석

바람이 그들을 데려갔어. 그 사람들은 뿌리가 없어서 고생이 심할 거야."
"잘 있어." 어린 왕자가 말했다.
"잘 가." 꽃이 대답했다.

19

After that, the little prince climbed a high mountain. The only mountains he had ever known were the three volcanoes, which came up to his knees. And he used the extinct volcano as a footstool.

"From a mountain as high as this one," he said to himself, "I shall be able to see the whole planet at one glance, and all the people……." But he saw nothing, save peaks of rock that were sharpened like needles.

"Good morning," he said courteously.

"Good morning……. Good morning……. Good morning," answered the echo.

"Who are you?" said the little prince.

"Who are you…….Who are you…….Who are you?" answered the echo.

어휘

climb 오르다 **knees** 무릎 **extinct** 활동을 멈춘 **footstool** 발판
at one glance 한눈에 **peak** 봉우리 **sharpen** 날카로워지다 **needle** 바늘
courteously 정중하게

해석

어린 왕자는 높은 산의 정상에 올랐다. 그가 알고 있는 산이라고는 자기 무릎 높이의 화산 세 개밖에 없었다. 어린 왕자는 휴화산을 의자처럼 사용했었다.

'이렇게 높은 산에서 보면 별과 사람들이 한눈에 보이겠지.'

어린 왕자는 생각했다. 그러나 바늘처럼 뾰족한 바위만 눈에 들어왔다.

"안녕." 어린 왕자는 혹시나 하고 인사했다.

"안녕…… 안녕…… 안녕……." 메아리가 대답했다.

"넌 누구니?" "넌 누구니…… 넌 누구니…… 넌 누구니……."

"Be my friends. I am all alone," he said.

"I am all alone……. all alone……. all alone," answered the echo.

"What a queer planet!" he thought. "It is altogether dry, and altogether pointed, and altogether harsh and forbidding. And the people have no imagination. They repeat whatever one says to them……. On my planet I had a flower; she always was the first to speak……."

어휘

all alone 홀로 **queer** 기묘한 **altogether** 완전히 **pointed** 뾰족한
harsh 거친 **forbidding** 험악한 **imagination** 상상력 **repeat** 되풀이하다
whatever 뭐든지

해석

"나랑 친구 하자. 난 혼자야."
"난 혼자야…… 난 혼자야…… 난 혼자야……."
'이 별은 진짜 이상해! 바싹 마른데다 날카롭고 각박해. 이곳 사람들은 상상력이 없어. 들은 것만 반복해. 우리 별에는 꽃이 있었지. 꽃은 언제나 먼저 말을 걸어주었는데…….'

20

But it happened that after walking for a long time through sand, and rocks, and snow, the little prince at last came upon a road. And all roads lead to the abodes of men.

"Good morning," he said. He was standing before a garden, all a-bloom with roses.

"Good morning," said the roses.

어휘

abodes 거주지 **all a-bloom** 만발한

해석

모래사막과 바위와 눈 덮인 땅을 오래오래 걸은 끝에, 어린 왕자는 결국 길을 발견했다. 그 길은 사람들이 사는 집으로 나 있었다.

"안녕." 어린 왕자가 인사했다.

장미꽃이 만발한 정원이었다.

"안녕." 장미꽃들이 대답했다.

The little prince gazed at them. They all looked like his flower.

"Who are you?" he demanded, thunderstruck.

"We are roses," the roses said. And he was overcome with sadness. His flower had told him that she was the only one of her kind in all the universe. And here were five thousand of them, all alike, in one single garden!

"She would be very much annoyed," he said to himself, "if she should see that⋯⋯. she would cough most dreadfully, and she would pretend that she was dying, to avoid being laughed at. And I should be obliged to pretend that I was nursing her back to life, for if I did not do that, to humble myself also, she would really allow herself to die⋯⋯."

어휘

demand 묻다 **gaze** 바라보다 **thunderstruck** 깜짝 놀란 **overcome** 압도하다
annoy 짜증나게 하다 **dreadfully** 몹시 **pretend** ~인 척하다
be obliged to 하는 수 없이 ~하다 **humble** 낮추다

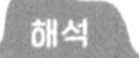

어린 왕자는 그들을 바라보았다. 자기 장미와 똑같이 생긴 꽃들이었다.

"너희들은 누구니?" 어안이 벙벙해진 어린 왕자가 물었다.

"우린 장미야." "아!" 어린 왕자는 매우 상심했다. 장미는 자신이 우주와 자기 별을 통틀어 하나밖에 없는 꽃이라고 했는데. 이 정원에만 똑같이 생긴 꽃들이 5천 송이는 있지 않은가!

'내 장미가 이 광경을 보면 무척 당황하겠구나. 우스운 꼴을 면하려고 마구 기침을 하다가 죽을 지경이 될지도 몰라. 그럼 나는 장미를 간호하는 척을 해야겠지. 안 그러면 내가 죄책감을 느끼게 하려고 정말 죽을지도 몰라…….'

Then he went on with his reflections: “I thought that I was rich, with a flower that was unique in all the world; and all I had was a common rose. A common rose, and three volcanoes that come up to my knees-- and one of them perhaps extinct forever……. that doesn’t make me a very great prince…….” And he lay down in the grass and cried.

어휘

reflection 생각 **unique** 유일한 **lay down** 눕다

해석

어린 왕자는 계속 생각에 잠겼다.

'세상에 단 하나뿐인 장미를 가져서 세상을 다 가진 것 같았는데, 그냥 평범한 장미였구나. 그냥 평범한 장미와 내 무릎만큼 오는 화산 세 개, 그중 하나는 아마 영원히 활동을 못하는 휴화산이고. 그런 걸로는 훌륭한 왕자가 될 수 없어.'

풀숲에 누운 채로 어린 왕자는 잠시 울었다.

21

It was then that the fox appeared.

"Good morning," said the fox.

"Good morning," the little prince responded politely, although when he turned around he saw nothing.

"I am right here," the voice said, "under the apple tree."

"Who are you?" asked the little prince, and added, "You are very pretty to look at."

"I am a fox," said the fox.

"Come and play with me," proposed the little prince.

"I am so unhappy." "I cannot play with you," the fox said. "I am not tamed."

"Ah! Please excuse me," said the little prince. But, after some thought, he added: "What does that mean, 'tame'?"

어휘

fox 여우 **appear** 나타나다 **respond** 대답하다 **politely** 점잖게
although ~이긴 하지만 **turn around** 돌아서다 **propose** 제안하다
tame 길들여진 **excuse** 미안하다

해석

바로 그때 여우가 나타났다.
"안녕." 여우가 인사했다.
"안녕." 어린 왕자는 예의 바르게 인사하고 뒤돌아보았지만 아무것도 보이지 않았다.
"여기야." 사과나무 아래에서 목소리가 들렸다. "넌 누구니? 정말 사랑스럽구나!" "난 여우야."
"이리 와서 함께 놀자. 난 너무 슬퍼." 어린 왕자가 여우에게 청했다.
"너랑 놀 수 없어. 난 길들여지지 않았거든."
"아! 미안해." 어린 왕자는 잠시 생각한 다음 말을 이었다. "'길들인다'는 게 무슨 뜻이야?"

"You do not live here," said the fox. "What is it that you are looking for?"

"I am looking for men," said the little prince. "What does that mean, 'tame'?"

"Men," said the fox. "They have guns, and they hunt. It is very disturbing. They also raise chickens. These are their only interests. Are you looking for chickens?"

어휘

look for 찾다 **hunt** 사냥 **disturbing** 성가신 **raise** 기르다

해석

"넌 여기 사는 아이가 아니구나. 뭘 찾고 있니?"
"난 사람들을 찾고 있어. 근데 '길들인다'는 게 무슨 뜻이야?"
어린 왕자가 물었다.
"사람들은 총을 들고 사냥을 해. 얼마나 성가신지! 그들은 닭도 키워. 사람들이 관심 있는 건 그게 다야. 너도 닭을 찾고 있니?"

"No," said the little prince. "I am looking for friends. What does that mean, 'tame'?"

"It is an act too often neglected," said the fox. It means to establish ties."

"'To establish ties'?"

"Just that," said the fox. "To me, you are still nothing more than a little boy who is just like a hundred thousand other little boys. And I have no need of you. And you, on your part, have no need of me. To you, I am nothing more than a fox like a hundred thousand other foxes. But if you tame me, then we shall need each other. To me, you will be unique in all the world. To you, I shall be unique in all the world……."

"I am beginning to understand," said the little prince. "There is a flower……. I think that she has tamed me……."

"It is possible," said the fox. "On the Earth one sees all sorts of things."

어휘

neglect 소홀하다 **establish ties** 관계를 맺다 **nothing more than** ~에 지나지 않은 **unique** 유일한 **all sorts of** 온갖 종류의

해석

"아니. 난 친구를 찾고 있어. '길들인다'는 게 무슨 뜻이야?" 어린 왕자가 다시 물었다. "사람들은 거의 잊어버린 말이지. '관계를 맺는다'는 뜻이야." 여우가 대답했다. "관계를 맺어?" "그래! 넌 지금은 많고 많은 남자아이 중 하나일 뿐이지. 난 네가 필요하지 않아. 너도 내가 필요하지 않지. 너에게 난 많고 많은 여우 중 하나에 불과하니까. 그런데 네가 날 길들이면 우린 서로 필요해진단다. 넌 내게 세상에서 단 하나뿐인 존재가 되는 거야. 나도 네게 세상에서 단 하나뿐인 여우가 되고." "이제 알 것 같아." 어린 왕자가 고개를 끄덕였다. "나도 꽃이 한 송이 있거든. 그 꽃이 날 길들인 거네." "아마 그럴 거야. 지구에선 온갖 일들이 다 일어나니까."

"Oh, but this is not on the Earth!" said the little prince. The fox seemed perplexed, and very curious.

"On another planet?"

"Yes."

"Are there hunters on this planet?"

"No."

"Ah, that is interesting! Are there chickens?"

"No."

"Nothing is perfect," sighed the fox. But he came back to his idea. "My life is very monotonous," the fox said. "I hunt chickens; men hunt me. All the chickens are just alike, and all the men are just alike. And, in consequence, I am a little bored. But if you tame me, it will be as if the sun came to shine on my life . I shall know the sound of a step that will be different from all the others. Other steps send me hurrying back underneath the ground.

어휘

perplexed 당황한 **curious** 궁금한 **planet** 별 **hunter** 사냥꾼
interesting 재미있는 **sigh** 한숨짓다 **monotonous** 단조로운 **just alike** 똑같은
underneath ~의 아래에

해석

"아! 지구 이야기가 아니야." 그 말에 여우는 굉장히 당황한 것 같았다.
"그럼 다른 별에서 왔어?" "응." "그 별에도 사냥꾼이 있어?"
"아니." "굉장한데! 닭은?" "없어." "완벽한 곳은 없구나." 여우가 한숨을 쉬었다. 여우는 원래 하던 이야기로 돌아갔다. "내 삶은 너무 단조로워. 나는 닭을 쫓고 사람들은 나를 쫓아. 닭은 전부 똑같이 생겼고, 사람들도 그래. 지루하단 말이지. 그런데 네가 날 길들인다면 내 삶은 햇살을 받은 것처럼 환해질 거야. 나는 네 발소리가 다른 사람의 발소리와 다른 걸 알아차리겠지. 다른 사람의 발소리를 들으면 땅굴 속으로 숨을 거야.

Yours will call me, like music, out of my burrow. And then look: you see the grain-fields down yonder? I do not eat bread. Wheat is of no use to me. The wheat fields have nothing to say to me. And that is sad. But you have hair that is the colour of gold. Think how wonderful that will be when you have tamed me! The grain, which is also golden, will bring me back the thought of you. And I shall love to listen to the wind in the wheat……."

The fox gazed at the little prince, for a long time.

"Please, tame me!" he said.

"I want to, very much," the little prince replied. "But I have not much time. I have friends to discover, and a great many things to understand."

"One only understands the things that one tames," said the fox. "Men have no more time to understand anything. They buy things all ready made at the shops.

어휘

burrow 동굴 **grain-field** 곡물 밭 **yonder** 저쪽에 **wheat** 맛 **gaze at** 응시하다
discover 발견하다 **understand** 이해하다

해석

하지만 네 발소리는 마치 음악 소리처럼 나를 땅굴 밖으로 불러낼 거야. 저길 봐! 저기, 밀밭이 보이지? 난 빵을 먹지 않아. 밀이 전혀 필요하지 않지. 그러니 밀밭을 봐도 아무것도 떠오르지 않아, 슬프게도 말이야. 그런데 네 머리칼이 황금빛이잖아. 네가 날 길들인다면 두근거리는 일이 생길 거야. 이제 황금빛 밀밭을 볼 때마다 네가 떠오를 테니까! 밀밭을 스치는 바람 소리도 사랑하게 될 거고……." 여우는 잠자코 어린 왕자를 응시했다. "부탁이야, 날 길들여줘!" 여우가 말했다. "나도 그러고 싶어." 어린 왕자가 대답했다. "하지만 시간이 없는걸. 친구를 찾아야 하고, 알고 싶은 것도 많아." "우리는 자기가 길들인 것만 진정으로 알 수 있어. 사람들은 무언가를 알아갈 시간이 없어. 그들은 상점에서 다 만들어진 물건을 사거든.

But there is no shop anywhere where one can buy friendship, and so men have no friends any more. If you want a friend, tame me…….”

“What must I do, to tame you?” asked the little prince.

“You must be very patient,” replied the fox. “First you will sit down at a little distance from me, like that, in the grass. I shall look at you out of the corner of my eye, and you will say nothing.

어휘

patient 인내심 **distance** 거리

그런데 친구를 파는 상점은 없으니까 친구를 못 사귀는 거야. 친구를 만들고 싶다면 날 길들여줘."
"길들이려면 어떻게 해야 하는데?"
"인내심이 필요해. 우선 내게서 좀 떨어져서 저쪽 풀밭에 앉으렴. 내가 살짝 곁눈질로 널 바라볼 거야. 넌 아무 얘기도 하지 마.

Words are the source of misunderstandings. But you will sit a little closer to me, every day……."

The next day the little prince came back.

"It would have been better to come back at the same hour," said the fox. "If, for example, you come at four o'clock in the afternoon, then at three o'clock I shall begin to be happy. I shall feel happier and happier as the hour advances. At four o'clock, I shall already be worrying and jumping about. I shall show you how happy I am! But if you come at just any time, I shall never know at what hour my heart is to be ready to greet you……. One must observe the proper rites……."

"What is a rite?" asked the little prince.

"Those also are actions too often neglected," said the fox. "They are what make one day different from other days, one hour from other hours. There is a rite, for example, among my hunters.

rite 의식 **neglect** 무시하다

해석

언어는 오해를 낳거든. 그래도 날마다 내게 조금씩 더 가까이 와서 앉아." 다음 날 어린 왕자가 여우를 보러 다시 왔다. "어제와 같은 시간에 왔다면 더 좋았을 텐데." 여우가 말했다. "예를 들어, 네가 오후 4시에 온다면 난 3시부터 설렐 거야. 4시가 가까워질수록 점점 더 행복해지겠지. 4시가 되면 난 가슴이 두근거려서 안절부절못하고 걱정을 할 거야. 행복의 대가를 알게 되겠지! 하지만 네가 아무 때나 온다면 언제부터 마음의 준비를 해야 할지 도무지 알 수 없잖아. 넌 의식을 지켜야 해……." "'의식'이 뭔데?" 어린 왕자가 물었다. "그것도 사람들이 잊고 사는 거지." 여우가 말했다. "'의식'은 어느 하루를 다른 하루와 다르게 만들어주고, 어떤 시간을 다른 시간과 다르게 만들어주는 거야. 가령 사냥꾼들도 의식이 있어.

Every Thursday they dance with the village girls. So Thursday is a wonderful day for me! I can take a walk as far as the vineyards. But if the hunters danced at just any time, every day would be like every other day, and I should never have any vacation at all."

So the little prince tamed the fox. And when the hour of his departure drew near…….

"Ah," said the fox, "I shall cry."

"It is your own fault," said the little prince. "I never wished you any sort of harm; but you wanted me to tame you……."

"Yes, that is so," said the fox.

"But now you are going to cry!" said the little prince.

"Yes, that is so," said the fox.

"Then it has done you no good at all!"

어휘

village 마을 **vineyard** 포도밭 **departure** 출판 **sort of** 어떤 **harm** 해악
present 말하다 **secret** 비밀 **no good at all** 아무 쓸모없다

해석

그들은 목요일마다 마을 아가씨들과 춤을 춰. 그럼 목요일은 흥미진진한 하루가 되는 거야! 나도 포도밭까지 긴 산책을 나갈 수 있어. 만일 사냥꾼들이 아무 때나 춤추러 간다면, 모든 날이 다 똑같아져버리고 나는 결코 쉴 수 없겠지." 어린 왕자는 여우를 길들여갔다.
이윽고 어린 왕자가 떠나야 하는 날이 가까워졌다. "아! 눈물이 날 것 같아." 여우가 말했다.
"네 잘못이야! 난 널 아프게 할 생각이 없었는데. 네가 길들여달라고 해서……."
"알아." 여우가 말했다. "그러면서 울려고 하잖아!" 어린 왕자가 말했다.
"알아." 여우가 대답했다. "결국 넌 아무것도 얻은 게 없는데!"

"It has done me good," said the fox, "because of the color of the wheat fields." And then he added: "Go and look again at the roses. You will understand now that yours is unique in all the world. Then come back to say goodbye to me, and I will make you a present of a secret."

The little prince went away, to look again at the roses. "You are not at all like my rose," he said. "As yet you are nothing. No one has tamed you, and you have tamed no one. You are like my fox when I first knew him. He was only a fox like a hundred thousand other foxes. But I have made him my friend, and now he is unique in all the world." And the roses were very much embarrassed. "You are beautiful, but you are empty," he went on. "One could not die for you. To be sure, an ordinary passerby would think that my rose looked just like you, the rose that belongs to me.

어휘

wheat 밀 **unique** 하나 뿐인 **present** 존재 **as yet** 아직까지
embarrass 당황하다 **empty** 텅 빈 **ordinary** 평범한 **passerby** 행인

해석

"얻은 게 있어. 밀밭의 황금빛이 있잖아." 그러고 나서 여우가 덧붙였다.

"이제 가서 꽃들을 만나봐. 네 꽃이 세상에 단 하나뿐이라는 사실을 깨닫게 될 거야. 그런 다음 내게 작별 인사를 하러 와. 아무도 모르는 비밀을 알려줄게." 어린 왕자는 꽃들을 보러 갔다.

"너희는 내 장미와 전혀 닮지 않았어. 아직 내게 아무것도 아니거든. 아무도 너희를 길들이지 않았고, 너희도 다른 누구를 길들이지 않았지. 나와 여우가 처음 만났을 때처럼 말이야. 그때 내게 여우는 많고 많은 여우들과 다르지 않은 존재였어. 그런데 나는 여우와 친구가 되었고, 그 후로 세상에 단 하나뿐인 여우가 되었어." 그 말을 들은 장미꽃들은 기분이 상했다. 하지만 어린 왕자는 계속 말을 이었다.

"너희는 아름답지만 텅 비어 있어. 너희를 위해 생명을 바칠 사람이 없으니까. 물론 지나가는 행인에겐 내 장미가 너희와 똑같아 보이겠지.

But in herself alone she is more important than all the hundreds of you other roses: because it is she that I have watered; because it is she that I have put under the glass globe; because it is she that I have sheltered behind the screen; because it is for her that I have killed the caterpillars (except the two or three that we saved to become butterflies); because it is she that I have listened to, when she grumbled, or boasted, or even sometimes when she said nothing. Because she is my rose.

And he went back to meet the fox. "Goodbye," he said.

"Goodbye," said the fox. "And now here is my secret, a very simple secret: It is only with the heart that one can see rightly; what is essential is invisible to the eye."

"What is essential is invisible to the eye," the little prince repeated, so that he would be sure to remember.

어휘

glass globe 유리덮개 **shelter** 주거지 **behind** 뒤에 **caterpillar** 애벌레
grumble 불평하다 **boast** 자랑하다 **rightly** 제대로 **essential** 본질적인
invisible 보이지 않는 **forget** 잊다

해석

그렇지만 나에겐 내 꽃 한 송이가 너희 전부보다 훨씬 소중해. 왜냐하면 내가 매일같이 물을 주었거든. 유리덮개를 씌워주고 바람막이로 지켜주고, 그 꽃을 위해서 송충이들을 잡아주었거든. (나비들을 위해 두 세 개는 빼놓았지.) 불평을 들어주고 허영을 부려도 참아주고, 가끔은 아무 말도 안 하는 걸 참아준 것도 그 꽃을 위해서였어. 왜냐하면 내 장미니까." 그러고 나서 어린 왕자는 여우를 보러 갔다. "잘 있어." 어린 왕자가 인사했다. "잘 가." 여우가 인사했다. "아무도 모르는 비밀을 말해줄게. 아주 간단해. 마음으로 봐야 보인단다. 중요한 건 눈에 보이지 않거든." "중요한 건 눈에 보이지 않아." 어린 왕자는 잊어버리지 않으려고 되뇌었다.

"It is the time you have wasted for your rose that makes your rose so important."

"It is the time I have wasted for my rose……." said the little prince, so that he would be sure to remember.

"Men have forgotten this truth," said the fox. "But you must not forget it. You become responsible, forever, for what you have tamed. You are responsible for your rose……."

"I am responsible for my rose," the little prince repeated, so that he would be sure to remember.

어휘

responsible 책임이 있는 **tame** 길들이다 **repeat** 반복하다 **sure** 확실한
remember 기억하다

"네 장미가 중요한 존재가 된 건, 네가 장미에게 들인 시간 때문이야."
"내가 장미에게 들인 시간 때문이야……." 잊어버리지 않으려고 어린 왕자는 다시 되뇌었다.
"사람들은 이 진실을 잊어버렸지만……." 여우가 말을 이었다.
"그래도 너는 잊지 마. 네가 길들인 대상에 대해 넌 영원히 책임져야 한다는 걸. 넌 네 장미를 책임져야 해……." "나는 내 장미를 책임져야 해."
잊어버리지 않으려고 어린 왕자는 되뇌었다.

22

"Good morning," said the little prince.

"Good morning," said the railway switchman.

"What do you do here?" the little prince asked.

"I sort out travelers, in bundles of a thousand," said the switchman. "I send off the trains that carry them; now to the right, now to the left." And a brilliantly lighted express train shook the switchman's cabin as it rushed by with a roar like thunder.

"They are in a great hurry," said the little prince. "What are they looking for?"

"Not even the locomotive engineer knows that," said the switchman. And a second brilliantly lighted express thundered by, in the opposite direction.

어휘

railway switchman 철도원 **sort out** 분류하다 **bundle** 단위 **send off** 배웅하다 **carry** 실어 나르다 **brilliantly** 밝게 밝힌 **express** 급행열차 **cabin** 조종실 **roar** 굉음 **locomotive engineer** 기관사

해석

"안녕하세요?" 어린 왕자가 말했다.

"안녕." 선로변경원이 답했다. "여기에서 뭘 하고 있어요?"

"여행객들을 천 명씩 분류한단다. 그들을 태운 기차를 상황에 따라 오른쪽으로 보내거나 왼쪽으로 보내는 거야." 그때 불 밝힌 급행열차가 우레 같은 굉음을 내며 들어왔다. 선로변경원의 사무실까지 흔들렸다.

"사람들은 정말 바빠요. 뭘 찾는 걸까요?"

"기관사들 자신도 모를 거야." 이번에는 반대 방향에서, 불을 밝힌 두 번째 급행열차가 우레 같은 굉음을 내며 왔다.

"Are they coming back already?" demanded the little prince. "These are not the same ones," said the switchman. "It is an exchange."

"Were they not satisfied where they were?" asked the little prince.

"No one is ever satisfied where he is," said the switchman. And they heard the roaring thunder of a third brilliantly lighted express.

"Are they pursuing the first travelers?" demanded the little prince.

"They are pursuing nothing at all," said the switchman. "They are asleep in there, or if they are not asleep they are yawning. Only the children are flattening their noses against the windowpanes."

어휘

satisfy 만족시키다 **pursue** 뒤쫓다 **asleep** 잠이 든 **yawn** 하품하다
flatten 납작하게 만들다 **windowpane** 유리창

해석

"자기가 원하는 걸 알고 있는 건 아이들뿐이에요. 아이들은 인형에 시간을 들여요. 그럼 인형은 그들에게 매우 중요한 존재가 되죠. 그래서 인형을 뺏기면 울음을 터트리는 거예요."

어린 왕자가 말했다.

"아이들은 운이 좋구나."

선로변경원이 말했다.

23

"Good morning," said the little prince.

"Good morning," said the merchant.

This was a merchant who sold pills that had been invented to quench thirst. You need only swallow one pill a week, and you would feel no need of anything to drink.

"Why are you selling those?" asked the little prince.

"Because they save a tremendous amount of time," said the merchant. "Computations have been made by experts. With these pills, you save fifty-three minutes in every week."

어휘

merchant 상인 **pill** 알약 **invent** 발명하다 **quench** (갈증을) 해소하다 **swallow** 삼키다 **tremendous** 엄청난 **computation** 계산 **expert** 전문가

해석

"안녕하세요?" 어린 왕자가 말했다. "안녕." 상인이 말했다.
그는 갈증을 잠재우는 효과가 있는 신약을 팔고 있었다. 일주일에 알약 하나만 먹으면 물을 마시고 싶은 욕구가 사라진다고 했다.
"아저씨는 왜 이 약을 팔아요?"
"시간 절감 효과가 어마어마하거든. 전문가들이 계산을 해봤어. 일주일에 53분을 벌어준단다."

"And what do I do with those fifty-three minutes?"

"Anything you like……."

"As for me," said the little prince to himself, "if I had fifty-three minutes to spend as I liked, I should walk at my leisure toward a spring of fresh water."

어휘

at my leisure 한가할 때 **spring** 샘

해석

"그 53분 동안 뭘 할 건데요?"
"원하는 걸 하겠지."
어린 왕자는 생각했다.
'나에게 53분이 있다면 천천히 샘이 있는 곳으로 산책하듯 걸어갈 거야.'

24

It was now the eighth day since I had had my accident in the desert, and I had listened to the story of the merchant as I was drinking the last drop of my water supply.

"Ah," I said to the little prince, "these memories of yours are very charming; but I have not yet succeeded in repairing my plane; I have nothing more to drink; and I, too, should be very happy if I could walk at my leisure toward a spring of fresh water!"

"My friend the fox……" the little prince said to me.

"My dear little man, this is no longer a matter that has anything to do with the fox!"

"Why not?"

"Because I am about to die of thirst……"

어휘

accident 사고 **merchant** 장사꾼 **drop** 물방울 **supply** 보급품 **charming** 멋진
repair 수리하다 **no longer** 더 이상 ~이 아니다 **thirst** 갈증

해석

사막에서 비행기가 고장 난 지 8일째 되던 날이었다. 나는 비축해둔 물의 마지막 한 방울을 마시며 어린 왕자의 상인 이야기를 듣고 있었다.

나는 어린 왕자에게 말했다.

"아, 네 기억들은 흥미롭구나. 그런데 난 아직도 비행기를 고치지 못했고, 물도 떨어졌어. 나도 샘으로 천천히 걸어갈 수 있다면 행복하겠다." 그가 내게 말했다.

"내 친구 여우를……." "꼬마 친구, 지금 그 얘기를 할 때가 아니잖아!"

"왜?" "탈수로 죽을 지경이니까."

He did not follow my reasoning, and he answered me: "It is a good thing to have had a friend, even if one is about to die. I, for instance, am very glad to have had a fox as a friend……."

"He has no way of guessing the danger," I said to myself. "He has never been either hungry or thirsty. A little sunshine is all he needs……."

But he looked at me steadily, and replied to my thought: "I am thirsty, too. Let us look for a well……." I made a gesture of weariness. It is absurd to look for a well, at random, in the immensity of the desert. But nevertheless we started walking.

When we had trudged along for several hours, in silence, the darkness fell, and the stars began to come out. Thirst had made me a little feverish, and I looked at them as if I were in a dream.

어휘

reasoning 이유 **for instance** 예를 들어 **steadily** 가만히 **weariness** 피로
absurd 무턱대고 **immensity** 광활한 **trudge along** 터벅터벅 걷다
feverish 열이 있는

해석

그는 내 이유를 납득하지 못했다.

"친구를 사귄 일은 좋았어. 죽음을 맞더라도 변하지 않아. 난, 여우와 친구가 되어 무척 행복해……." '이 아이는 위험을 전혀 감지하지 못하는구나. 허기나 갈증에 시달린 적이 없을지도 몰라. 조금의 햇빛만 있어도 충분한 거야.' 나는 속으로 생각했다. 어린 왕자는 나를 바라보더니 내 생각에 답하듯 말했다. "나도 목이 말라. 우물을 찾으러 가자……." 나는 그럴 힘이 없다는 시늉을 했다. 이렇게 드넓은 사막에서 우연히 우물을 찾길 바라며 무작정 걷겠다니, 말도 안 되는 생각이다. 하지만 우리는 걷기 시작했다. 묵묵히 몇 시간을 걸으니, 밤이 내리고 별들이 반짝이기 시작했다. 갈증으로 미열에 시달리던 나는 꿈결인 듯 그 광경을 바라보았다.

The little prince's last words came reeling back into my memory: "Then you are thirsty, too?" I demanded. But he did not reply to my question. He merely said to me: "Water may also be good for the heart……."

I did not understand this answer, but I said nothing. I knew very well that it was impossible to cross-examine him. He was tired. He sat down. I sat down beside him. And, after a little silence, he spoke again: "The stars are beautiful, because of a flower that cannot be seen."

I replied, "Yes, that is so." And, without saying anything more, I looked across the ridges of sand that were stretched out before us in the moonlight.

"The desert is beautiful," the little prince added.

And that was true. I have always loved the desert. One sits down on a desert sand dune, sees nothing, hears nothing. Yet through the silence something throbs, and gleams…….

어휘

reeling 가물가물 **merely** 그저 **cross-examine** 되묻다 **ridge** 언덕
stretched 펼쳐져 있는 **sand dune** 모래언덕 **throb** (가슴이) 두근거리다
gleam 희미하게 빛나다

해석

아까 어린 왕자가 한 말이 내 머릿속을 어지럽게 떠다녔다. "너도 목이 마르다는 거지?" 어린 왕자는 내 질문에 답하지 않았다. 그냥 이렇게 말할 뿐이었다. "물은 마음에도 좋으니까……." 나는 그 말뜻을 알아듣지 못했지만 잠자코 있었다. 그에게 질문해도 대답을 들을 수 없다는 걸 잘 알고 있었다. 어린 왕자는 기진맥진한 모양인지 바닥에 주저앉았다. 나는 바로 곁에 앉았다. 잠시 침묵이 흐른 뒤 그가 말했다. "별들이 아름다운 건 눈에 보이지 않는 꽃 한 송이 때문이야." "물론이야." 나는 달 아래 너울거리는 모래 습곡들을 잠잠히 바라보았다. "사막은 아름다워." 어린 왕자가 덧붙였다. 사실이었다. 나는 언제나 사막을 사랑했다. 우리는 사막의 모래언덕에 앉아 있었다. 아무것도 보이지 않는다. 아무것도 들리지 않는다. 그런데 그 고요함 가운데 무언가 빛나고 있다…….

"What makes the desert beautiful," said the little prince, "is that somewhere it hides a well······."

I was astonished by a sudden understanding of that mysterious radiation of the sands. When I was a little boy I lived in an old house, and legend told us that a treasure was buried there. To be sure, no one had ever known how to find it; perhaps no one had ever even looked for it. But it cast an enchantment over that house. My home was hiding a secret in the depths of its heart······. "Yes," I said to the little prince. "The house, the stars, the desert– what gives them their beauty is something that is invisible!"

"I am glad," he said, "that you agree with my fox." As the little prince dropped off to sleep, I took him in my arms and set out walking once more. I felt deeply moved, and stirred. It seemed to me that I was carrying a very fragile treasure.

어휘

hide 감추다 **astonish** 놀라게 하다 **radiation** 광채 **enchantment** 마법
drop off 잠들다 **fragile** 깨어지기 쉬운

해석

"사막이 아름다운 건 우물을 숨기고 있기 때문이야."

나는 불현듯 사막이 신비롭게 빛나는 이유를 깨닫고 무척 놀랐다. 어렸을 때 내가 살던 오래된 저택에 보물이 숨겨져 있다는 전설을 들었다. 물론 아무도 보물을 발견하지 못했고 찾으려는 사람조차 없었지만, 그런데도 집 전체가 매혹적으로 보였다. 집 깊숙한 곳에 비밀을 품고 있어서 그랬으리라. "그래. 집이든 별이든 사막이든 그걸 아름답게 만드는 건 눈에 보이지 않는 거야."

"내 친구 여우와 똑같은 생각을 하다니 기뻐." 어린 왕자가 말했다.

어린 왕자가 잠이 들어서, 나는 그를 품에 안고 다시 걷기 시작했다. 마음까지 따스해졌다. 부서지기 쉬운 보물을 안고 가는 것만 같았다. 지구상에서 이보다 더 연약한 존재는 없는 것 같았다. 나는 달빛이 비치는 어린 왕자의 창백한 이마와 감은 눈, 바람에 흔들리는 머리카락을 바라보며 생각했다. 부서지기 쉬운 보물을 안고 가는 것만 같았다.

It seemed to me, even, that there was nothing more fragile on all Earth. In the moonlight I looked at his pale forehead, his closed eyes, his locks of hair that trembled in the wind, and I said to myself:

"What I see here is nothing but a shell. What is most important is invisible……."

As his lips opened slightly with the suspicious of a half-smile, I said to myself, again: "What moves me so deeply, about this little prince who is sleeping here, is his loyalty to a flower – the image of a rose that shines through his whole being like the flame of a lamp, even when he is asleep……."

And I felt him to be more fragile still. I felt the need of protecting him, as if he himself were a flame that might be extinguished by a little puff of wind……. And, as I walked on so, I found the well, at daybreak.

어휘

pale 창백한 **locks** 머리카락 **tremble** 떨리다 **shell** 껍데기 **slightly** 약간
suspicion 미심 **loyalty** 충성심 **flame** 불꽃 **extinguish** 끄다
puff of wind 한줄기 바람 **daybreak** 동틀 무렵

해석 지구상에서 이보다 더 연약한 존재는 없는 것 같았다. 나는 달빛이 비치는 어린 왕자의 창백한 이마와 감은 눈, 바람에 흔들리는 머리카락을 바라보며 생각했다.

'눈에 보이는 건 껍질일 뿐이야. 가장 중요한 건 눈에 보이지 않는 거야.'

어린 왕자의 살짝 벌어진 입술에 어렴풋이 미소가 번졌다.

'잠든 어린 왕자를 보며 이렇게나 감동받는 건, 꽃 한 송이에 대한 그의 변치 않는 마음 때문이야. 자는 동안에도 그의 안에서 등불처럼 빛나고 있는 장미의 형상 때문이야…….'

나는 어린 왕자가 더더욱 깨어지기 쉬운 존재라는 생각을 했다. 이 등불을 보호해주어야 한다. 바람이 한 번만 불어도 꺼져버릴 수 있다……. 그렇게 걸어간 끝에 동이 틀 무렵, 나는 우물을 발견했다.

25

"Men," said the little prince, "set out on their way in express trains, but they do not know what they are looking for. Then they rush about, and get excited, and turn round and round……." And he added: "It is not worth the trouble……."

The well that we had come to was not like the wells of the Sahara. The wells of the Sahara are mere holes dug in the sand. This one was like a well in a village. But there was no village here, and I thought I must be dreaming…….

"It is strange," I said to the little prince. "Everything is ready for use: the pulley, the bucket, the rope……." He laughed, touched the rope, and set the pulley to working.

어휘

set out 떠나다 **rush about** 급히 서두르다 **excite** 흥분시키다
worth ~할 가치가 있는 **well** 우물 **mere** 단지 **hole** 구멍 **village** 마을
pulley 도르래 **bucket** 물통 **rope** 밧줄

해석

어린 왕자가 말했다.

"사람들은 허겁지겁 급행열차에 올라타. 정작 자기가 무얼 찾고 있는지 알지 못하면서. 그냥 불안에 떨며 시간을 흘려보내고 있어." 그는 이렇게 덧붙였다.

"그럴 필요 없는데." 우리가 다다른 우물은 사하라 사막에서 흔히 보이는 우물과 달랐다. 사하라의 우물들은 모래사막에 간단하게 구멍이 파인 형태다. 그런데 이 우물은 마을의 우물처럼 생겼다. 근처에 마을이 없었는데. 나는 꿈을 꾸고 있는 기분이었다. "이상한데. 전부 준비되어 있어. 도르래와 두레박, 밧줄까지." 어린 왕자는 웃으면서 밧줄을 잡고 도르래를 움직였다.

And the pulley moaned, like an old weathervane which the wind has long since forgotten.

"Do you hear?" said the little prince. "We have wakened the well, and it is singing……."

I did not want him to tire himself with the rope.

"Leave it to me," I said. "It is too heavy for you." I hoisted the bucket slowly to the edge of the well and set it there, happy, tired as I was, over my achievement. The song of the pulley was still in my ears, and I could see the sunlight shimmer in the still trembling water.

"I am thirsty for this water," said the little prince. "Give me some of it to drink……."

And I understood what he had been looking for. I raised the bucket to his lips. He drank, his eyes closed. It was as sweet as some special festival treat. This water was indeed a different thing from ordinary nourishment.

어휘

moan 삐걱거리다 **weathervane** 풍향계 **hoist** 끌어 올리다 **achievement** 성취 **shimmer** 희미하게 반짝이다 **tremble** 출렁이다 **thirsty** 갈증이 나는 **indeed** 참으로 **nourishment** 음식물

해석

그러자 오랜 잠에서 깬 낡은 풍향계처럼 도르래가 끼익거리는 소리를 냈다. "들려? 우리가 우물을 깨워서 우물이 노래를 부르고 있어!" 나는 어린 왕자를 힘들게 하고 싶지 않았다. "그냥 둬. 내가 할게. 네겐 너무 무거워." 나는 우물 테두리돌이 있는 곳까지 천천히 두레박을 끌어 올렸다. 그리고 떨어뜨리지 않으려고 균형을 잡아 돌 위에 올려두었다. 귓가에 도르래의 노랫소리가 계속 들렸고, 여전히 일렁거리는 우물의 수면 위로 태양의 진동이 느껴졌다. "목이 너무 말라. 물을 마시게 해줘……." 나는 얼른 두레박을 들어 올려 어린 왕자의 입가에 대주었다. 그는 눈을 감고 물을 마셨다. 축제에 온 것처럼 마음이 환해졌다. 그 물은 일반적인 '마시는 물'과는 전혀 달랐다.

Its sweetness was born of the walk under the stars, the song of the pulley, the effort of my arms. It was good for the heart, like a present. When I was a little boy, the lights of the Christmas tree, the music of the Midnight Mass, the tenderness of smiling faces, used to make up, so, the radiance of the gifts I received.

"The men where you live," said the little prince, "raise five thousand roses in the same garden and they do not find in it what they are looking for."

"They do not find it," I replied.

"And yet what they are looking for could be found in one single rose, or in a little water."

"Yes, that is true," I said.

And the little prince added: "But the eyes are blind. One must look with the heart……."

어휘

effort 노력 **midnight mass** 자정미사 **tenderness** 부드러움 **radiance** 빛
single 하나의 **blind** 눈이 먼

해석

별을 바라보며 걸어온 발걸음, 도르래의 노랫소리, 내 팔의 수고가 어우러져 태어났기 때문이었다. 그것은 선물처럼 내 마음을 기쁘게 했다. 어린 시절 성탄절 선물들이 전나무 조명과 자정미사 음악, 부드러운 미소들 때문에 더 돋보이던 것과 같았다.

어린 왕자가 말했다. "아저씨 별에서 사람들은 하나의 정원에 장미 5천 송이를 갖고 있지……. 그러면서도 자기들이 뭘 원하는지 결코 찾지 못해……." "찾지 못하지." "한 송이 장미꽃이나 물 한 모금에서도 찾을 수 있는데……." "정말 그래." 나는 대답했다. 어린 왕자가 덧붙였다. "눈으로는 볼 수 없어. 마음으로 찾아야만 해."

I had drunk the water. I breathed easily. At sunrise the sand is the color of honey. And that honey color was making me happy, too. What brought me, then, this sense of grief?

"You must keep your promise," said the little prince, softly, as he sat down beside me once more. "What promise?" "You know, a muzzle for my sheep……. I am responsible for this flower……."

I took my rough drafts of drawings out of my pocket. The little prince looked them over, and laughed as he said:

"Your baobabs, they look a little like cabbages."

"Oh!" I had been so proud of my baobabs! "Your fox, his ears look a little like horns; and they are too long." And he laughed again.

"You are not fair, little prince," I said. "I don't know how to draw anything except boa constrictors from the outside and boa constrictors from the inside."

어휘

breathe 숨을 쉬다 **honey** 꿀 **muzzle** 입마개 **rough** 대충 **cabbage** 양배추
horn 뿔 **except** ~이외에는

해석

나는 물을 마셨다. 숨이 편안해졌다. 태양이 떠오르면서 사막의 모래가 꿀 빛깔로 물들어갔다. 황금색으로 빛나는 모래를 보니 행복한 기분이 들었다. 무슨 이유로 나는 그렇게 힘들어했던 것일까……. "저번에 한 약속 들어줘." 어린 왕자가 조용히 말했다. 그는 내 곁에 와서 앉아 있었다. "무슨 약속?" "있잖아…… 양에게 씌울 부리망…… 난 내 꽃을 책임져야 하니까……." 나는 주머니에서 스케치한 그림을 꺼냈다. 어린 왕자가 쳐다보고 웃었다. "아저씨가 그린 바오바브나무, 양배추랑 좀 닮았어." "아!" 내가 바오바브나무 그림을 얼마나 자랑스러워했는데! "아저씨가 그린 여우는, 귀가…… 좀 뿔처럼 보여. 너무 길어서 그래." 어린 왕자는 다시 웃었다. "그렇게 말하면 못 써, 꼬마 친구. 내가 그려본 거라곤 속이 안 보이는 보아뱀과 속이 보이는 보아뱀이 다잖아."

"Oh, that will be all right," he said, "children understand."

So then I made a pencil sketch of a muzzle. And as I gave it to him my heart was torn.

"You have plans that I do not know about," I said. But he did not answer me. He said to me, instead: "You know, my descent to the earth……. Tomorrow will be its anniversary." Then, after a silence, he went on: "I came down very near here." And he flushed.

And once again, without understanding why, I had a queer sense of sorrow.

어휘

torn 찢어진 **descent** 내려옴 **anniversary** 기념일 **flush** (얼굴이) 붉어지다
queer 기묘한 **sorrow** 슬픔

해석

“아, 괜찮아. 어린이들은 알아보니까.” 어린 왕자가 말했다.
나는 부리망을 그렸다. 그걸 건네주는데 가슴이 미어졌다.
“내가 모르는 계획이 있는 거니?” 어린 왕자는 대답하지 않았다. 그 대신에 이렇게 말했다.
“아저씨, 내가 지구에 떨어진 지…… 내일이면 1년이야.” 잠시 침묵이 흐른 뒤 그가 이어 말했다.
“바로 이 근처에 떨어졌어.” 어린 왕자가 얼굴을 붉혔다. 나는 다시 한번 알 수 없는 묘한 슬픔을 느꼈다.

One question, however, occurred to me: "Then it was not by chance that on the morning when I first met you – a week ago – you were strolling along like that, all alone, a thousand miles from any inhabited region? You were on the your way back to the place where you landed?"

The little prince flushed again. And I added, with some hesitancy: "Perhaps it was because of the anniversary?" The little prince flushed once more. He never answered questions, but when one flushes does that not mean "Yes?"

"Ah," I said to him, "I am a little frightened……"

But he interrupted me. "Now you must work. You must return to your engine. I will be waiting for you here. Come back tomorrow evening……"

But I was not reassured. I remembered the fox. One runs the risk of weeping a little, if one lets himself be tamed…….

어휘

occur 떠오르다 **stroll** 걷다 **hesitancy** 망설임 **interrupt** 가로막다
reassure 마음이 놓이다 **weep** 눈물을 흘리다

해석

불쑥 한 가지 의문이 들었다. "그럼 일주일 전 아침 널 만났을 때, 사람들이 사는 곳에서 수천 마일 떨어진 사막을 홀로 걷고 있던 게 우연이 아니었구나! 네가 떨어진 곳으로 되돌아왔던 거야?" 어린 왕자가 다시 얼굴을 붉혔다. 나는 주저하며 말을 이었다. "떨어진 지 1년째 되는 날이라서?" 어린 왕자는 다시 얼굴을 붉혔다. 대답은 없었지만 얼굴을 붉혔으니 '그렇다'라는 의미 아니겠는가. "아! 난 두렵구나……." 내가 그에게 말했다. 어린 왕자는 대답 대신 이렇게 말했다. "아저씨는 이제 일하러 가. 비행기 있는 데로 다시 가야 해. 난 여기에서 기다릴게. 저녁에 다시 와……." 나는 마음이 편치 않았다. 여우 이야기가 기억났다. 누군가에게 길들여졌다면 얼마간 눈물을 흘릴 위험을 감수해야 한다…….

26

Beside the well there was the ruin of an old stone wall. When I came back from my work, the next evening, I saw from some distance away my little prince sitting on top of a wall, with his feet dangling.

And I heard him say: "Then you don't remember. This is not the exact spot." Another voice must have answered him, for he replied to it: "Yes, yes! It is the right day, but this is not the place."

I continued my walk toward the wall. At no time did I see or hear anyone. The little prince, however, replied once again: "……. Exactly. You will see where my track begins, in the sand. You have nothing to do but wait for me there. I shall be there tonight."

어휘

ruin 폐허 **stone wall** 돌담 **dangle** 매달리다 **distance** 거리 **dangle** 매달리다
spot 장소 **exactly** 확실히 **track** 발자국

해석

우물 옆에 오래된 돌담의 잔해가 있었다. 일을 마치고 저녁에 돌아오는데, 저 멀리 어린 왕자가 돌담에 다리를 늘어뜨리고 앉아 있는 모습이 보였다. 그가 누군가에게 말하는 소리가 들렸다. "기억 안 나? 이 자리가 아니야." 다른 목소리가 반박한 모양이었다. 어린 왕자가 곧 응수하는 걸 보면 말이다. "아니, 아니야! 오늘은 맞는데, 장소는 여기가 아니야." 나는 돌담 쪽으로 걸음을 옮겼다. 아무 소리도 들리지 않았고 아무도 보이지 않았다. 어린 왕자가 다시 누군가에게 대답했다.
"…… 물론이야. 모래바닥에 찍힌 내 발자국이 어디서 시작되었는지 보면 알 거야. 거기서 날 기다리면 돼. 오늘 밤 그곳에 내가 있을 테니까."

I was only twenty metres from the wall, and I still saw nothing. After a silence the little prince spoke again: "You have good poison? You are sure that it will not make me suffer too long?" I stopped in my tracks, my heart torn asunder; but still I did not understand. "Now go away," said the little prince. "I want to get down from the wall."

어휘

poison 독 **suffer** 고통받다 **asunder** 산산조각으로

해석

나는 벽에서 20미터 가량 떨어져 있었는데 여전히 아무도 보이지 않았다. 잠시 침묵이 흐른 뒤 어린 왕자가 입을 열었다.

"네 독, 괜찮은 거야? 내가 오래 아프지 않아도 되는 거 맞지?"

나는 가슴이 죄어오는 것 같아 숨을 참았지만 여전히 무슨 말인지 이해할 수 없었다.

"이제, 다른 데로 가…… 나 내려갈래."

어린 왕자가 말했다.

I dropped my eyes, then, to the foot of the wall……. and I leaped into the air. There before me, facing the little prince, was one of those yellow snakes that take just thirty seconds to bring your life to an end. Even as I was digging into my pocked to get out my revolver I made a running step back. But, at the noise I made, the snake let himself flow easily across the sand like the dying spray of a fountain, and, in no apparent hurry, disappeared, with a light metallic sound, among the stones. I reached the wall just in time to catch my little man in my arms; his face was white as snow.

"What does this mean?" I demanded. "Why are you talking with snakes?"

I had loosened the golden muffler that he always wore. I had moistened his temples, and had given him some water to drink. And now I did not dare ask him any more questions. He looked at me very gravely, and put his arms around my neck.

어휘

leap 기겁하다 **dig into one's pocket** 주머니를 뒤지다 **fountain** 샘
demand 묻다 **loosen** 풀다 **moisten** 적시다 **temple** 관자놀이
gravely 진지하게

해석

돌담 아래로 시선을 내린 순간 나는 펄 듯이 놀랐다. 어린 왕자 바로 앞에 노란 뱀이 금방이라도 덮칠 태세로 몸을 세우고 있었다! 나는 주머니에서 리볼버 권총을 꺼내면서 급히 달려갔다. 내가 다가가는 소리에 뱀은 스르륵 모래바닥으로 숨어들었다. 흡사 샘의 물줄기가 잦아드는 것 같았다. 뱀은 조금도 서두르는 법 없이 쉭쉭거리며 돌 사이로 슬그머니 들어갔다. 나는 돌담까지 뛰어가서 꼬마 친구를 번쩍 팔에 안아 올렸다. 그의 얼굴이 눈처럼 창백했다. "무슨 짓이야! 왜 뱀과 얘기를 해!" 나는 그가 늘 두르고 다니는 금색 머플러를 느슨하게 풀어주었다. 어린 왕자의 관자놀이를 적셔주고 물을 좀 먹였다. 나는 감히 어떤 질문도 할 수 없었다. 어린 왕자는 나를 진지하게 쳐다보더니 두 팔로 내 목을 감았다.

I felt his heart beating like the heart of a dying bird, shot with someone's rifle…….

"I am glad that you have found what was the matter with your engine," he said. "Now you can go back home"

"How do you know about that?" I was just coming to tell him that my work had been successful, beyond anything that I had dared to hope.

He made no answer to my question, but he added: "I, too, am going back home today……." Then, sadly, "It is much farther……. it is much more difficult……." I realised clearly that something extraordinary was happening. I was holding him close in my arms as if he were a little child; and yet it seemed to me that he was rushing headlong toward an abyss from which I could do nothing to restrain him……. His look was very serious, like some one lost far away.

"I have your sheep. And I have the sheep's box. And I have the muzzle……."

어휘

rifle 소총 **clearly** 분명히 **extraordinary** 기이한 **headlong** 거꾸로 **abyss** 나락 **restrain** 제지하다 **serious** 심각한

해석

그의 심장이 막 총에 맞아 죽어가는 새의 심장처럼 뛰고 있었다. 어린 왕자가 말했다. "비행기를 고쳐서 다행이야. 이제 집으로 돌아갈 수 있어……." "어떻게 알았어?" 나는 어쩌다 보니 비행기를 고칠 수 있었다고 그에게 말하려던 참이었다! 어린 왕자는 내 질문에는 대답하지 않고 이렇게 덧붙였다. "나도 우리 별로 돌아가……." 그러고 나서 좀 우울한 목소리로 말했다. "너무 멀고…… 너무 힘들긴 하지만……." 뭔가 심상치 않은 일이 일어나고 있었다. 나는 어린 아이를 안듯이 그를 품에 안았다. 그러나 내가 붙잡을 새도 없이 그는 곧장 심연으로 떨어지고 있는 것만 같았다. 어린 왕자의 진지한 눈빛은 먼 곳을 떠다녔다. "아저씨가 준 양이 나한테 있어. 양을 위한 상자도 있고. 부리망도……."

And he gave me a sad smile. I waited a long time. I could see that he was reviving little by little.

"Dear little man," I said to him, "you are afraid……." He was afraid, there was no doubt about that. But he laughed lightly.

"I shall be much more afraid this evening……."

Once again I felt myself frozen by the sense of something irreparable. And I knew that I could not bear the thought of never hearing that laughter any more. For me, it was like a spring of fresh water in the desert.

"Little man," I said, "I want to hear you laugh again." But he said to me: "Tonight, it will be a year……. my star, then, can be found right above the place where I came to the Earth, a year ago……."

"Little man," I said, "tell me that it is only a bad dream, this affair of the snake, and the meeting-place, and the star……." But he did not answer my plea.

어휘

revive 활기를 되찾다 **lightly** 가볍게 **afraid** 두려워하는 **irreparable** 돌이킬 수 없는 **bear** 견디다 **affair** 일 **plea** 간청

해석

그가 슬픈 미소를 지었다. 나는 한참을 기다렸다. 내 품에서 그의 몸은 점점 뜨거워지고 있었다. "꼬마 친구, 너 무서웠구나……." 물론 그는 무서웠을 것이다. 하지만 어린 왕자는 부드럽게 미소 지었다. "오늘 밤엔 훨씬 더 무서울 것 같아……." 돌이킬 수 없다는 감정으로 인해 내 마음이 얼어붙었다. 이 아이의 웃음소리를 다시 들을 수 없다고 생각하는 것만으로도 견딜 수 없었다. 내게는 사막에서 만난 샘 같은 웃음소리였는데. "꼬마 친구, 네 웃음소리를 다시 듣고 싶어." 하지만 그는 내게 말했다. "오늘 밤 1년이 되거든. 작년에 내가 떨어진 곳 바로 위에 우리 별이 있을 거야……."
"꼬마 친구, 뱀이니 약속이니 별이니 하는 건…… 다 나쁜 꿈인 거지?" 그는 내 질문에는 대답하지 않았다.

He said to me, instead: "The thing that is important is the thing that is not seen……" "Yes, I know……"

"It is just as it is with the flower. If you love a flower that lives on a star, it is sweet to look at the sky at night. All the stars are a-bloom with flowers……"

"Yes, I know……"

"It is just as it is with the water. Because of the pulley, and the rope, what you gave me to drink was like music. You remember, how good it was."

"Yes, I know……"

"And at night you will look up at the stars. Where I live everything is so small that I cannot show you where my star is to be found. It is better, like that. My star will just be one of the stars, for you. And so you will love to watch all the stars in the heavens…… they will all be your friends. And, besides, I am going to make you a present……" He laughed again.

어휘

abloom 꽃이 핀 **pulley** 도르래 **look up** 올려보다 **heaven** 하늘 **besides** 게다가 **present** 선물

해석

대신 이렇게 말했다. "중요한 건 눈에 보이지 않아……." "그럼, 물론이지……." "꽃도 마찬가지야. 아저씨가 어느 별에 있는 꽃 한 송이를 사랑한다면 말이야. 밤마다 하늘을 바라보는 게 행복할 거야. 모든 별에 꽃이 있으니까……." "그럼……." "물도 그래. 아저씨가 내게 먹여준 물은 음악 같았어. 도르래와 밧줄 때문에…… 기억해야 해…… 정말 맛있었어." "그럼……." "아저씨는 밤마다 별들을 바라보겠지. 내 별은 너무 작아서 어디 있는지 아저씨에게 보여줄 수가 없어. 그 편이 더 좋아. 이제 내 별은 아저씨에게 모든 별 중의 하나니까, 아저씨는 어떤 별이든 눈을 들어 바라보는 걸 좋아하게 될 거야…… 그 별들이 전부 아저씨의 친구가 되어줄 거야. 그리고 또…… 내가 아저씨에게 선물을 줄 건데……." 어린 왕자가 웃었다.

"Ah, little prince, dear little prince! I love to hear that laughter!"

"That is my present. Just that. It will be as it was when we drank the water⋯⋯."

"What are you trying to say?"

"All men have the stars," he answered, "but they are not the same things for different people. For some, who are travelers, the stars are guides. For others they are no more than little lights in the sky. For others, who are scholars, they are problems. For my businessman they were wealth. But all these stars are silent. You, you alone, will have the stars as no one else has them"

"What are you trying to say?"

"In one of the stars I shall be living. In one of them I shall be laughing. And so it will be as if all the stars were laughing, when you look at the sky at night⋯⋯. you, only you, will have stars that can laugh!"

no more than 단지 **problem** 문제

해석

"아! 얘야, 꼬마 친구야, 네 웃음소리를 듣는 게 얼마나 좋은지!" "바로 그게 내 선물이야. 물처럼 말이지……." "무슨 말이야?" "사람들은 누구나 별을 보지만, 별이 누구에게나 같은 의미는 아니야. 여행자에게 별은 안내자야. 다른 누군가에게 별은 그저 작은 빛에 지나지 않고. 학자들에게 별은 풀어야 할 숙제야. 내가 만난 사업가 아저씨에게 별은 금이겠지. 별들은 아무 말도 않는데 말이야. 아저씨는, 아저씨 혼자만, 아무도 갖지 못한 별을 갖게 될 거야." "무슨 말이야?" "아저씨가 밤마다 하늘을 볼 때 말이야…… 내가 그중 한 별에 살고 있으니까, 그중 한 별에서 내가 웃고 있으니까, 아저씨는 마치 모든 별들이 웃고 있는 것처럼 느낄 거야. 아저씨는 웃을 줄 아는 별들을 갖게 된 거야!"

And he laughed again. "And when your sorrow is comforted (time soothes all sorrows) you will be content that you have known me. You will always be my friend. You will want to laugh with me. And you will sometimes open your window, so, for that pleasure……. and your friends will be properly astonished to see you laughing as you look up at the sky! Then you will say to them, 'Yes, the stars always make me laugh!' And they will think you are crazy. It will be a very shabby trick that I shall have played on you……."

And he laughed again. "It will be as if, in place of the stars, I had given you a great number of little bells that knew how to laugh……."

And he laughed again. Then he quickly became serious: "Tonight, you know……. do not come," said the little prince.

어휘

soothe 위로하다 **content** 만족한 **pleasure** 기쁨 **properly** 제대로
shabby 짓궂은 **trick** 장난 **play on** 장난치다 **quickly** 갑자기 **serious** 심각한

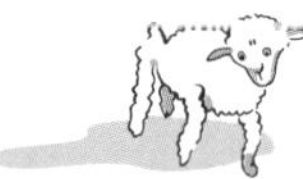

해석

어린 왕자는 다시 웃었다. "나중에 아저씨가 기운을 차리면 (시간은 모든 슬픔을 진정시키니까.) 나를 만난 걸 떠올리고 기분이 좋아질 거야. 아저씨는 언제까지나 내 친구일 거야. 나와 함께 웃고 싶은 기분을 느끼겠지. 행복한 기분을 느끼려고 가끔씩 창문을 열겠지…… 아저씨 친구들은 하늘을 바라보며 웃는 아저씨를 보고 굉장히 놀랄 거야. 그럼 아저씨는 이렇게 말하겠지. '그래, 별들을 볼 때마다 난 웃음이 나!' 그러면 친구들은 아저씨가 미쳤다고 생각할 거야. 내가 아저씨에게 짓궂은 장난을 친 거야……." 그러고 나서 그가 다시 웃었다. "그러니까, 별들 대신에…… 웃을 줄 아는, 무수히 많은 작은 방울들을 아저씨에게 준 거야." 어린 왕자가 다시 웃다가 갑자기 진지한 표정을 했다. "오늘 밤에는 아저씨…… 오지 마."

"I shall not leave you," I said.

"I shall look as if I were suffering. I shall look a little as if I were dying. It is like that. Do not come to see that. It is not worth the trouble……."

"I shall not leave you."

But he was worried. "I tell you, it is also because of the snake. He must not bite you. Snakes, they are malicious creatures. This one might bite you just for fun……."

"I shall not leave you."

어휘

as if 마치 ~인 것처럼 **suffer** 고통받다 **malicious** 포악한 **creature** 존재

해석

"네 곁을 떠나지 않을 거야." "아마 나는 아파 보일 거야. 죽는 것처럼 보일지도 몰라. 그런 거래. 그러니까 보러 오지 마, 그럴 필요가 없어……."

"널 떠나지 않을 거야." 어린 왕자는 근심어린 표정을 지었다.

"뱀 때문에 그래. 뱀이…… 아저씨를 물면 안 되니까. 뱀은 심술궂어. 재미로 물기도 하거든."

"네 곁을 떠나지 않을 거다."

But a thought came to reassure him: "It is true that they have no more poison for a second bite."

That night I did not see him set out on his way. He got away from me without making a sound. When I succeeded in catching up with him he was walking along with a quick and resolute step. He said to me merely: "Ah! You are there……." And he took me by the hand. But he was still worrying. "It was wrong of you to come. You will suffer. I shall look as if I were dead; and that will not be true……."

I said nothing.

"You understand……. it is too far. I cannot carry this body with me. It is too heavy."

I said nothing.

"But it will be like an old abandoned shell. There is nothing sad about old shells……."

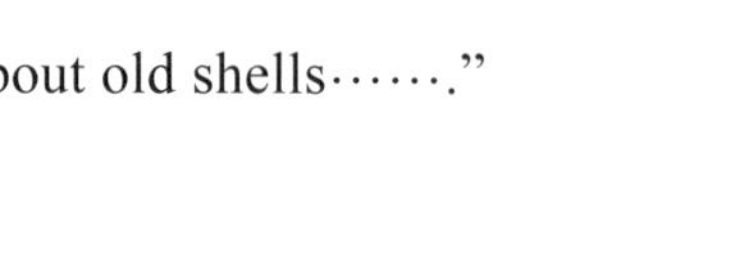

어휘

reassure 안심시키다 **bite** 물다 **catch up** 뒤쫓아 가다 **resolute** 확고한 **merely** 그저 **carry** 가지고 가다 **abandon** 버리다 **shell** 껍데기

해석 그런데 그가 무슨 생각이 들었는지 안도했다. "두 번째 물 땐 뱀의 독성이 없어지니까……." 그날 밤 나는 어린 왕자가 떠나는 걸 보지 못했다. 그는 조용히 모습을 감췄다. 내가 어린 왕자를 다시 발견했을 때, 그는 단호한 걸음으로 빠르게 걷고 있었다. 그는 나를 보고 이렇게 말했을 뿐이다. "아, 아저씨였네……." 그가 내 손을 잡았다. 그러면서 계속 나를 걱정했다.

"아저씨가 오지 말았어야 했어. 힘들어질 거야. 이제 곧 내가 죽는 것처럼 보일 텐데 그건 사실이 아니야……." 나는 아무 말도 하지 않았다. "아저씨는 알 거야…… 너무 멀어. 내 몸 이대로는 고향에 갈 수가 없어. 너무 무겁거든." 나는 아무 말도 하지 않았다. "내 몸은 버려진 낡은 껍질 같을 거야. 낡은 껍질은 슬플 게 없잖아……."

I said nothing. He was a little discouraged. But he made one more effort: "You know, it will be very nice. I, too, shall look at the stars. All the stars will be wells with a rusty pulley. All the stars will pour out fresh water for me to drink……."

I said nothing.

"That will be so amusing! You will have five hundred million little bells, and I shall have five hundred million springs of fresh water……." And he too said nothing more, becuase he was crying…….

"Here it is. Let me go on by myself." And he sat down, because he was afraid. Then he said, again: "You know, my flower……. I am responsible for her. And she is so weak! She is so naive! She has four thorns, of no use at all, to protect herself against all the world……."

어휘

discourage 풀이 죽다 **rusty** 녹슨 **pour** 붓다 **amusing** 재미있는 **spring** 샘
responsible 책임이 있는 **naive** 순진한 **thorn** 가시 **protect** 보호하다

해석

나는 아무 말도 하지 않았다. 그는 이제 기운이 빠진 것 같았다. 그러면서도 안간힘을 쓰고 있었다. "정말 근사할 거야. 나도 별들을 바라보겠지. 모든 별에 녹슨 도르래가 달린 우물이 있을 거야. 모든 별들이 내게 마실 물을 부어줄 거야……." 나는 아무 말도 하지 않았다.

"정말 재미있겠지! 아저씨는 5억 개의 작은 방울을 갖게 되고, 나도 5억 개의 샘을 가지는 거야……."

어린 왕자가 말을 멈췄다. 그는 울고 있었다.

"이제 나 혼자 있도록 조금 떨어져 있어줘." 그는 두려웠는지 자리에 주저앉았다. 그가 말을 이었다.

"아저씨, 내 장미 말이야…… 난 그 꽃을 책임져야 해. 장미는 너무 약하거든. 그리고 너무 순진해. 세상에서 자신을 지키기 위해 가진 건 가시 네 개가 전부야……."

I too sat down, because I was not able to stand up any longer. "There now, that is all……."

He still hesitated a little; then he got up. He took one step. I could not move. There was nothing but a flash of yellow close to his ankle. He remained motionless for an instant. He did not cry out. He fell as gently as a tree falls. There was not even any sound, because of the sand.

어휘

stand up 일어나다 **hesitate** 주저하다 **flash** 섬광 **ankle** 발목
motionless 움직이지 않는 **instant** 잠시 **fell** 쓰러지다 **gently** 조용히

해석

나는 더는 서 있을 힘이 없어서 주저앉았다. 그가 말했다.

"자, 이제 끝났어……."

그는 잠시 망설이더니 자리에서 일어났다. 그리고 한 발 내디뎠다. 나는 그 자리에서 꼼짝할 수 없었다. 그의 발목 언저리에서 노란 섬광이 일었다. 그게 다였다. 그는 잠시 미동도 없이 있었다. 소리도 지르지 않았다. 나무가 쓰러지듯이 부드럽게 어린 왕자는 바닥으로 쓰러졌다. 모래바닥이라 소리조차 나지 않았다.

27

And now six years have already gone by……. I have never yet told this story.

The companions who met me on my return were well content to see me alive. I was sad, but I told them: "I am tired."

Now my sorrow is comforted a little. That is to say, not entirely. But I know that he did go back to his planet, because I did not find his body at daybreak. It was not such a heavy body……. and at night I love to listen to the stars. It is like five hundred million little bells……. But there is one extraordinary thing……. when I drew the muzzle for the little prince, I forgot to add the leather strap to it. He will never have been able to fasten it on his sheep.

어휘

go by 지나가다 **companion** 친구 **return** 귀환 **content** 만족한 **sorrow** 슬픔
comfort 위로하다 **entirely** 완전히 **go back to** 돌아가다 **daybreak** 새벽
extraordinary 기이한 **leather strap** 가죽끈 **fasten** 매다

해석

그때로부터 6년이나 흘렀다. …… 나는 이 이야기를 한 번도 한 적이 없다.

나를 다시 만난 동료들은 내가 살아 있는 걸 발견하고 기뻐했다. 나는 슬펐지만 이 말만 했다. "너무 지쳤어." 지금 나는 어느 정도 기운을 차렸다. 그 말은, 완전히는 아니라는 말이다. 하지만 어린 왕자가 자기 별로 돌아갔다는 걸 믿는다. 동틀 무렵, 그의 몸을 볼 수 없었던 것이다. 아주 무거울 것도 없는 몸이었으니까. 이제 나는 밤마다 별들의 소리를 듣는 걸 좋아한다. 5억 개의 작은 방울이 울리는 시간이다. 하지만 문득 엄청난 일이 기억났다. 어린 왕자에게 그려준 부리망에 가죽끈을 단다는 걸 그만 깜박 잊은 것이다! 어린 왕자가 양에게 부리망을 달아줄 수 없을 텐데.

So now I keep wondering: what is happening on his planet? Perhaps the sheep has eaten the flower······. At one time I say to myself: "Surely not! The little prince shuts his flower under her glass globe every night, and he watches over his sheep very carefully······." Then I am happy. And there is sweetness in the laughter of all the stars.

But at another time I say to myself: "At some moment or other one is absent-minded, and that is enough! On some one evening he forgot the glass globe, or the sheep got out, without making any noise, in the night······." And then the little bells are changed to tears······. Here, then, is a great mystery.

어휘

carefully 신중하게 **absentminded** 방심한 **get out** 나오다 **mystery** 수수께끼
univere 우주

해석

그래서 나는 계속 궁금하다.
'그의 별은 별일 없이 괜찮을까? 양이 장미를 먹어치웠을지도 몰라…….' 어떤 날은 이렇게 생각한다.
'물론 그럴 리 없어! 어린 왕자가 매일 밤 장미에게 유리덮개를 씌워주잖아. 양을 잘 감시하니까…….'
그러면 나는 곧 기분이 좋아진다. 모든 별들이 부드럽게 미소 짓는다.
하지만 어떤 날은 이런 생각도 한다.
'누구나 한 번은 방심하잖아. 그러면 끝인데! 어느 날 저녁 어린 왕자가 유리덮개 씌우는 걸 잊거나, 양이 밤중에 소리 없이 빠져나오거나…….' 그러면 작은 방울들은 다 눈물로 바뀌어버린다!

For you who also love the little prince, and for me, nothing in the universe can be the same if somewhere, we do not know where, a sheep that we never saw has eaten a rose……. Look up at the sky. Ask yourselves: is it yes or no?

Has the sheep eaten the flower? And you will see how everything changes……. And no grown-up will ever understand that this is a matter of so much importance!

This is, to me, the loveliest and saddest landscape in the world. It is the same as that on the preceding page, but I have drawn it again to impress it on your memory. It is here that the little prince appeared on Earth, and disappeared.

어휘

look up 올려보다 **grown-up** 어른 **loveliest** 가장 사랑스러운 **landscape** 풍경
preceding 앞선 **impress** 기억하다 **appear** 나타나다

해석

정말 알 수 없는 일이다. 어린 왕자를 사랑하는 당신에게는, 내가 그랬듯이, 어딘가에서 낯선 양 한 마리가 장미 한 송이를 먹었는지 아닌지에 따라 우주가 완전히 달라진다니 말이다.
하늘을 바라보라. 그리고 스스로에게 물어보라.
'양이 꽃을 먹었을까, 아닐까?'
대답에 따라 완전히 다른 세상이 펼쳐질 것이다…….
어른들은 이 일이 이렇게나 중요하다는 걸 절대로 이해하지 못할 것이다.

Look at it carefully so that you will be sure to recognise it in case you travel some day to the African desert. And, if you should come upon this spot, please do not hurry on. Wait for a time, exactly under the star. Then, if a little man appears who laughs, who has golden hair and who refuses to answer questions, you will know who he is. If this should happen, please comfort me. Send me word that he has come back.

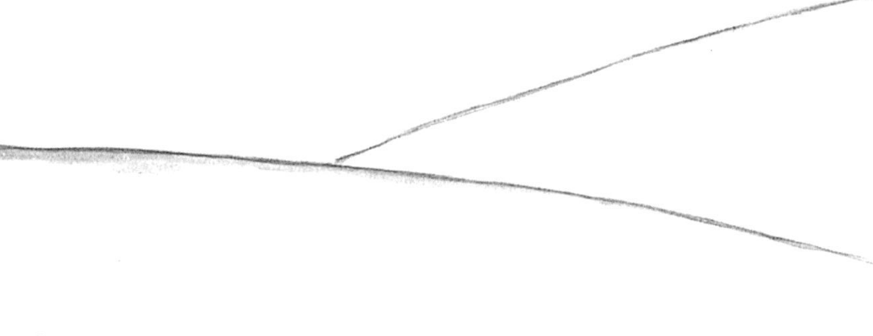

어휘

recognize 알아보다 **refuse** 거부하다 **comfort** 위로하다 **send word** 알려주다

해석

이것은 내가 본 가장 아름답고 슬픈 풍경이다. 이전 그림과 똑같은 풍경이지만, 당신에게 잘 보여주려고 다시 한번 그렸다. 지구의 바로 이곳에 어린 왕자는 나타났다가 사라졌다.
만일 당신이 언젠가 아프리카 사막을 여행한다면, 이곳을 분명히 알아볼 수 있도록 이 풍경을 주의 깊게 보아달라. 이곳을 지나갈 일이 생기거든, 부탁하건대 서둘러 지나치지 말고 잠시 저 별 아래에서 기다려 달라! 한 아이가 당신에게 다가와서 웃거든, 그 아이의 머리칼이 황금빛이고 질문을 해도 대답이 없다면, 아마 그가 누구인지 짐작할 수 있을 것이다. 부디 그 아이에게 다정하게 대해주기를! 그리고 슬퍼하는 나를 모른척하지 말고 편지를 보내주기를. 그 아이가 돌아왔다고 알려주기를.

World Classic English writing book **01**

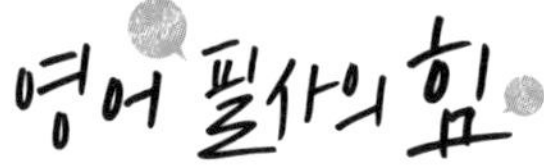

생텍쥐페리처럼 The Little Prince【어린왕자】따라쓰기

초판 1쇄 2023년 3월 20일
초판 2쇄 2024년 4월 30일

원작 앙투안 드 생텍쥐페리
펴낸이 장영재
펴낸곳 (주)미르북컴퍼니
전 화 02)3141-4421
팩 스 0505-333-4428
등 록 2012년 3월 16일(제313-2012-81호)
주 소 서울시 마포구 성미산로32길 12, 2층 (우 03983)
E-mail sanhonjinju@naver.com
카 페 cafe.naver.com/mirbookcompany
인스타그램 www.instagram.com/mirbooks